目次＊Contents

挿画：はらだ有彩

はじめに

孤独。この言葉を聞いてみなさんは何を思うでしょうか。

本書を手に取ってくださっているのですから、「孤独」について何らかの思いがあり、知りたいことがあるのでしょう。自分が孤独を感じているのかもしれないし、身近な人が孤独に苦しんでいるのかもしれません。または過去に孤独に苦しんだことがあったり、将来の孤独の予感に震えていたりする人もいるかもしれません。

ひょっとすると、今の言い方はちょっと大げさで、「孤独」より「ぼっち」と言った方がピンと来やすいでしょうか。「ぼっち飯」などという言葉も最近はありますが、日常の行動をするにあたって友達がおらず、それを独りでしている。感じたり考えたりしたことを共有する相手がいない。自分の存在が承認されない。そんな状態です。

少なくとも、今書いたことに表れているように、ぼっちであれ孤独であれ、それは一般的に、まずは否定的な言葉です。それは何かしら避けるべきものだと感じられているのではないでしょうか。

実際、現在、さまざまな社会で孤独が社会問題化しています。イギリスでは二〇一八年に「孤独問題担当大臣」が設置されました。この役職は短命に終わったものの（二〇二一年に廃止）、イギリスをモデルとして日本でも孤立・孤独担当大臣が二〇二一年に設置されました（二〇二四年に廃止）。

これらの役職が廃止されたのは孤独問題が解決されたからというよりは、本書で示していく通り、孤独が社会のさまざまな側面に関わる全体的な問題であり、それだけを取り上げて解決できるようなものではないからでしょう。

二〇一九年から続いたコロナ禍もまた、孤独の問題をくっきりと浮き彫りにしました。学校の授業はオンラインとなり、友達と会うこともなく、自宅の部屋で独りオンライン授業にアクセスする日々。入院中の家族や介護施設の高齢者との面会もままならなくなり、せいぜいテレビ電話で様子を見ることしかできなくなりました。現在そのような状況は解消されたものの、コロナ禍の経験は、それまで孤独を特に意識しなかった人びとにとっても、それが身近な問題として感じられるきっかけになったかもしれません。

実際、本書を書いている現在（二〇二四年）は、コロナ禍も一段落し、学校や仕事も「平常営業」へと戻った雰囲気です。しかしどうも、そんな状況だからこそ少し調子を崩している人たちも目立つ気がします。コロナ禍が、私たちの潜在的な孤独の感覚について何らかのトリガーを引いたのではないでしょうか。人と共にあること、そして独りでいることとの意味合いが少し変わってしまい、もう元には戻れなくなってしまった。それにうまく適応できないということが生じているのかもしれません。

その場合にも、やはり孤独は否定的なものとして捉えられています。そして否定的な避けるべきものとしての孤独は、確かに存在します。孤独をテーマとする本書も、そのような意味での孤独からまずは出発することになりますし、人びとを苦しめ、場合によっては死にまで追いやる孤独を解消するにはどうするかという問題意識を手放すことはありません。

ですが本書では、孤独を解消するという大きな目的のためにも、一度孤独の意味を解きほぐして、孤独は本当に悪いものなのかを問うてゆきたいと思います。良い孤独もあるのではないか。

そのように問うにあたっては、孤独が個人だけの問題ではなく、歴史的・社会的なものであることも強調していきたいと思っています。

言い換えれば、「孤独を解消する」と言っても、そこには二つの意味があり得るということです。ひとつは現在私たちが持っている「孤独」の意味は変えずに、その（悪い）孤独から脱するということ。そしてもう一つは、孤独（または「ぼっち」）という言葉の意味そのものを変えていき、場合によっては孤独に積極的な意味を見いだしていくことです。本書のタイトル『ぼっちのままで居場所を見つける』が意味するのはそれです。つまり、「ぼっち」を否定的な意味から解放しつつ、同時に私たちが孤立に苦しむわけではない道を探りたいと思います。

そして、副題の『孤独許容社会へ』にこめられているのは、それをするにあたって、個人的なものだけではなく、社会的な原因や解決法を見いだしていきたいということです。本書では個人的な孤独の原因も見すえながら、最終的には社会的な解決を目指したいと思います。

本書の著者である私は心理学者や社会学者ではありません。そうではなく、イギリス文学・文化、それからポピュラー・カルチャーを研究しています。これまで、『増補 戦う姫、働く少女』（ちくま文庫）、『新しい声を聞くぼくたち』（講談社）、『はたらく物語』（笠間書院）、『正義はどこへ行くのか』（集英社新書）といった著作で、ポピュラー・カルチャーの作品と英文学などの作品を横断する形で論じてきました。

その際に私は、そういった作品を「物語」または「表象」（「表現」と置きかえてもいいのですが、もっと、現実そのものではなく、ある程度典型化して心の中で思い描いたもの、というニュアンスがあります）として分け隔てなく扱いつつ、それと「社会」との関係を考えてきました。その場合に社会的なものとして重視してきたのは、ジェンダー（社会的な性別）や階級（労働）です。

このように言うと、現実の社会があって、物語や表象はそれを写し取るといったふうに考え、従って物語を社会的に読むというのは、物語がいかに現実を反映しているかを読むことであると思われるかもしれません。

しかし、本書の前提となっているのは、もう少し複雑な考え方です。それは、「現実の社会」もまた、生《なま》の現実として存在しているわけではなく、物語や表象によって作りあげられている部分があるという考え方です。例えばジェンダーを考えてみてください。男らしさや女らしさというのは、大いに物語的なものや表象によって作りあげられています。

少し難しい言い方をしましたが、要するに、物語はある時代の気分や多様な経験をうまく典型化して表現しているし、逆にそんな物語を通じて私たちは現実を理解しているということです。

もちろん、心理学的に孤独の心理そのものを解明したり、社会学的に孤独の社会的現実を記述したりということも可能ですが、本書では孤独がいかに物語化され、物語がいかに孤独の意味を変えたり定めたりし、孤独についての私たちの認識を作りあげているかということを論じて行きたいと思います。さらには、人間が物語を必要としていることと孤独（の解消）との間には深い関係があるのではないか――これも本書が最終的に考えたいことです。

最初に述べた通り、読者のみなさんは孤独についてさまざまな経験をお持ちだと思います。過去に痛々しい孤独の経験をした人、今現在孤独に苦しんでいる人、未来の孤独の予感に震えている人、はたまた身近な人の孤独をどうやって解消できるか悩んでいる人、さらにはまったく逆に、孤独が好きな人……。さまざまな人が本書を手に取ってくださっていると思います。本書が孤独をめぐるそういったすべての経験に応えるものになっているかどうかは自信を持って断言することはできません。ですが、どのような種類のものであれ、孤独について考える際の一助に本書がなることを願っています。

全体の構成を確認しておきたいと思います。

第一章ではディズニー映画『アナと雪の女王』を題材に、「孤独」という言葉のさまざまな意味を確認していきます。その中でももっとも重要になるのは、悪い孤独としてのロンリネスと良い孤独としてのソリチュードの区別になります。現代において後者のソリチュードが想像しにくくなり、孤独と言えば悪いもの（ロンリネス）であるということになってしまったのはなぜなのか。本書全体の問題提起をします。

第二章以降はイギリス文学の作品を中心に、一八世紀から出発して基本的に時代順に扱っていきます（少し前後したり、またアメリカ文学、現代日本の漫画に脱線したりもします)。まずはロンリネスとしての孤独が近代において発見されたことを確認し、なぜ近代にロンリネスが問題になりはじめたのか、人びとがそのロンリネスにいかに対応しようとしたのかを、主に物語とその登場人物を介して検討していきます。第二章のロビンソン・クルーソーは孤島の開発を神の使命と考えることによって、第三章のジェイン・エアは平等の理念を手放さずにソウルメイト(魂の伴侶)を見つけることで、孤独を解決します。

第四章では死別がもたらす孤独をいかにして癒やすのかという重い主題を、ヴィクトリア女王から、現代の漫画『葬送のフリーレン』に一気に跳躍しながら考えます。

第五章では、ロンリネスとしての孤独を癒やすのではなく、「良い孤独」としてのソリチュードを探し求めた人びとを紹介します。ロマン派詩人たちは自然と一体化することで創造的な孤独を発見しましたが、その一方でシャーロック・ホームズのような都会の探偵は、お互いに内面を知ることのできない都市群衆の孤独を癒やすために、他者を「読む」という行為を行いました。

第六章で登場するイギリスの小説家ヴァージニア・ウルフは同じように、都会を心地よい孤独（ソリチュード）の場として見いだそうとしますが、女性にはそのような機会が男性と平等には与えられていません。女性がソリチュードを得るための方法をウルフはどう考えたのでしょうか。

第七章では、ウルフの言葉を胸に、一気に現代まで跳躍して、「排除型社会」もしくは「新自由主義」と呼ばれる現在において、孤立と孤独がのっぴきならない問題になっており、厳しい社会的な排除がもたらす孤独が問題になっていること、その一方でそのような社会で「勝ち組」になっているはずの男性がなぜか孤独に苦しんでいることを指摘します。最後にそのような状況を解決する可能性のある政策を紹介したいと思います。ですが、本書は政策提言の本ではありません。最終的に明らかになるのは、孤独への真の対処法は私たちの社会をめぐる想像力に秘められているということです。その提案を少し長い「おわりに」でもう一度、私の個人的物語として提示し直してみたいと思います。

私たちは、一方では孤独を恐れ、もう一方では独りになれないことに苦しんでいます。その両方を乗り越えて、「ぼっちのままで居場所を見つける」ことはできるでしょうか。

それも、それを個人の努力だけで実現するのではなく、私たちが孤独でいることを許容してくれるような社会を構想することは可能でしょうか。本書はその探求です。

第一章

ロンリネスとソリチュード

――または、エルサの孤独

寒々しい吹雪の雪山。そんな風景に似つかわしくないドレス姿の女性が雪山を登ってくる。彼女は手袋やマントを投げ捨てて、歌う。全てのしがらみや制約をかなぐり捨てて、世の中に背を向けて自由に生きていこうという歌を。彼女は魔法の力で、その雪山に氷の城を作り、その中に独り閉じこもる――。

エルサの孤独と「解放」

これは言うまでもなく、二〇一三年公開（日本公開は二〇一四年）のディズニー映画『アナと雪の女王』の、もっとも有名な場面です。

アレンデール王国の王女エルサは、氷や雪を生み出す魔法の力を持っていますが、戴冠式の日に、それまで人びとに隠してきた魔法の力を暴走させてしまい、独り雪山に逃走します。そして、例の、この映画の代名詞といってもいい劇中歌「レット・イット・ゴー」をしっとりと、かつ高らかに力強く歌います。そして今書いた通り、氷の城を作ってその門を閉ざすのです。

孤独をテーマとする本書にとって、このエルサの孤独は最適の出発点だと思います。それは、本章だけでは論じきれないくらいに多くの意味でそうなのですが、当面は、本書の基礎となる孤独のいくつのかの意味を考えるためにこの作品を読み解いてみましょう。

エルサは孤独です。彼女は子供の頃に魔法の力を暴走させ、妹のアナを傷つけてしまったために、その力を世間から隠すよう両親に命じられます。そして城の中に事実上幽閉され、仲の良かったアナと遊ぶことも、会うこともできなくなります。さらにその両親は船の遭難で死んでしまう。彼女は孤児となるのです。

『アナと雪の女王』DVD
(販売元:ウォルト・ディズニー・ジャパン)

エルサが女王になる戴冠式の日に、閉ざされていた城門が久々に開かれ、各国の来賓で城が華やかに盛り上がる中でも、エルサはいかにも寒々しく孤独です。彼女には魔法の力という秘密があり、それを知られてはなりません。ゆえにどれだけ多くの客に囲まれているとしても、深い関わりは断って、自らを孤独にしなければならないのです。

それと好対照なのが妹のアナです。アナもまた、エルサと同じく親を失い、エルサとの交流を断たれて孤独な状態にあります。だからこそ、彼女は戴冠式を心から楽しみにしています。彼女は『白雪姫』や『シンデレラ』のような、かつてのディズニー映画のプリンセスよろしく、戴冠式で「運命の人」に出会えるのではないかと開けっぴろげにワクワクし、実際にそこで出会ったハンス王子に一目惚《ぼ》れして結婚しようとします。大丈夫かアナ。そのような観客の不安は的中して、私たち結婚しますという報告にエルサはプッツンと切れます。結婚して孤独を解消します、という開けっぴろげな宣言が、エルサの魔法の暴走の引き金となってしまうのです。

ここまでのエルサの孤独はとても否定的なものに思えます。しかも、エルサの場合は単に人とのつながりがないから孤独であるというわけではなく、周りに人はいるのだけれども、心を通わせてはならない、それゆえになおさら孤独である、といった状態です。このタイプの孤独は、「群衆の中での孤独」という、非常に近代的な孤独のあり方なのですが、その点については先の章で考えるとして、ともかくも、最初のエルサは否定的な孤独に悩まされているのです。

そんなエルサを救うものは何でしょうか。

それは、なんと、「孤独」です。

「レット・イット・ゴー」を歌う場面で、エルサは独り山の中に閉じこもることに救いを見いだし、初めて自らを解放させます。その心の動きは、「レット・イット・ゴー」の歌詞にみごとに表現されています。歌はこのように始まります（ここでは、意訳をされている公式の歌詞ではなく、直訳した歌詞を分析します）――

今夜、山の上では雪が白く輝く
足跡一つ見えない
孤立（isolation）の王国
そして私はその女王のよう

さっそく孤独に関連する、孤立（アイソレーション isolation）という言葉が出てきます。

この言葉については後で考えるとして、ここではまず、どちらかと言えば感情的な価値づけ（良し悪《あ》し）はぬきで、彼女が独りでいる様子、風景が描かれます。続く第二連では彼女が「内側の嵐」を「彼ら（王国の人びと）に見せてはならない」と言われたこと、しかしいまやそれは露見してしまったことが歌われます。内側の嵐というのはもちろん、エルサの魔法の力です。

そしてそれに続くのがご存じのあのサビです――

解き放て（Let it go）、解き放て
もう隠しておくことはできない
解き放て、解き放て
背を向けて扉を閉めよう
みんなが何を言うかなんて気にしない
嵐よ、吹き荒れろ
私はどうせ寒さなんかへっちゃらなんだから

〝Let it go〟という歌詞は日本語では「ありのままで」と訳されています。これは曲に歌詞を合わせるためなのでしょうが、元の歌詞とは少し違っています〝Let it go〟には、さまざまなしがらみを放り出そう、という意味、それからこの文脈においては、隠して押さえつけていた力を解放させようという意味があります。

それよりも重要なのは、続く「背を向けて扉を閉めよう」という部分です。この後エルサは実際に氷の城の扉を閉めて世間に背を向けます。このようにして、世の中に背を向けること、つまり孤独になることが「解き放つ」こと、すなわち解放されることと結びつきます。それは否定的な孤独ではありません。エルサを救うのです。これはどういうわけでしょうか。孤独になることで孤独から救われるというのは、どういうことなのでしょう。

二つ（または四つ）の孤独

孤独になることで孤独を解消する。これだけでは訳が分かりませんよね。ここで起こっていることは、「孤独」を二つに分けて考えることで理解できるかもしれません。それはロンリネス（loneliness）とソリチュード（solitude）の区別です。

この区別は本書にとってもっとも重要な区別となりますし、一般的にも孤独について考える際にかなり重要な区分でもあります。

簡潔に定義すれば、ロンリネスとは主観的な孤独、孤独感のことであり、それは否定的なもの、苦しみをもたらすものです。言い換えれば、寂しさ、孤立感です。それに対してソリチュードは否定的なものではありません。否定的でないどころか、ソリチュードは解放をもたらします。自分と向き合い、創造性を発揮するような、豊かな時間・状態のことです。

どうでしょうか。ひょっとすると後者のような「良い孤独・幸せな孤独」はなかなか想像しづらく、前者のような苦しい孤独＝ロンリネスの方が想像しやすいかもしれません。しかしこの区別をすることで、エルサに起こっていることはとたんに明確になります。

『アナ雪』で、最初のエルサはロンリネス（悪い孤独）の状態にあります。彼女は自分の問題を誰とも共有することができず、独り自分の力を秘密にしています。その苦しみが、雪山の氷の城に閉じこもることで癒やされます。ここでエルサはソリチュード（良い孤独）を発見することによってロンリネスを解消しようとしているのです。氷の城で扉を固く閉ざせば、魔法の力を持った「ほんとうの（ありのままの）自分」をごまかさずに生きていくことができます。

エルサは、ひとりぼっち（ぼっち）のままで氷の城の中に居場所を見つけようとするのです。それがつまり、ソリチュードなのです。

私たちが現在、孤独について考えるとき、このソリチュードとしての孤独はなかなか想像しづらいものでしょう。孤独といえば悪いもの、つまりロンリネスとしてしか想像できなくなっているのだと言えます。それだけに、エルサが孤独のうちに解放を見いだす『アナと雪の女王』は衝撃的な作品でした。

そして、それを考えるにあたっては、エルサが女性であることが重要です。ロンリネスであれソリチュードであれ、エルサの孤独は誰にでも当てはまる普遍的なものなわけではないのです。それは、彼女が女性であることと深い関係にあります。

そのことについては本章の後半でより深く考えるとして、ここで確認したいのは、孤独にはロンリネス／ソリチュード以外に（正確にはこれら二つを横断する形で）もう一つの区別も存在する、もしくは必要だということです。それは、孤独は主観的な感情のみの問題なのか、それとも主観の外側の客観的・社会的条件の問題なのか、ということです。

例えば今示唆したように、エルサの孤独は純粋に主観的なものではなく、彼女が王女であり、女性であるという条件に関係するものかもしれません。魔法の力を隠さなければならないという両親の命令は、もしエルサが男性だったら同じような形を取ったでしょうか？　そうではなかったのではないかと想像します。またエルサが孤児になったという外的な条件も、彼女のロンリネスの大きな原因になっています。それは決して、彼女の内面だけの問題ではないのです。

この、「主観的な孤独」と「外的な孤独の条件」の区別はとても重要です。なぜなら孤独を解消することを目指すにあたって、孤独を主観的なものと考えるか、それとも物質的（もしくは社会的）なものと考えるかによって、その方法は大きく変わるでしょうから。主観的なものと考えるのであれば、孤独の解消は心の問題になるし、物質的／社会的なものと考えるのであれば、孤独は個人の主観の外側の条件（社会）を変えることによって解消されることになるでしょう。心を変えるか、それとも社会の方から変えるか。

また、孤独の問題と深い関係にある「承認」の問題についても、承認を得られないことを心の問題と考えるか、それともそれは社会的・物質的な排除をもたらすものと考えるかによって話は大きく変わってくるでしょう。

この主観／物質・社会の区別を考えるにあたっては、さらに二つの「孤独」を表す言葉を導入するとよさそうです（ちょっといきなりいろいろと出てきますが、ここは重要なのでがんばって乗り越えましょう）。

「レット・イット・ゴー」の歌詞の中ではアイソレーション（isolation）という言葉が

使われていたことを先ほど確認しました。そこで私はその言葉には感情的価値づけがないと述べました。つまり、単に「一人でいる」という状態のことです。それは寂しくも、楽しくもありません。

ただ、〝isolation〟という言葉は、現在では「社会的孤立（social isolation）」という用法で使われることが多く、むしろ先ほどの主観的孤独に対立する、物質的・社会的「孤立」のことを意味します。

そこでここでは、本書が大きく依拠していくF・B・アルバーティの『私たちはいつから「孤独」になったのか』に従って、まったくの無印の「孤独」、つまり単に一人であるという事実のことを「ワンリネス（oneliness）」と名づけたいと思います。これはちょっと聞き慣れない言葉でしょう。英語でも全く聞き慣れない言葉なので安心してください。ワンリネスは「無印」です。このワンリネスという状態を否定的にとらえればロンリネスとなり、肯定的にとらえればソリチュードになる、ということですね。ワンリネスは良くも悪くもない、単に一人である状態です。

そしてアイソレーションまたは「孤立」は、物質的・社会的な孤立です。

ワンリネス	単に一人であるという事実
アイソレーション（孤立）	物質的・社会的な孤立
ロンリネス	苦しみ、寂しさをもたらす否定的な孤独
ソリチュード	解放、創造性をもたらす肯定的な孤独

本書で扱う四種類の孤独

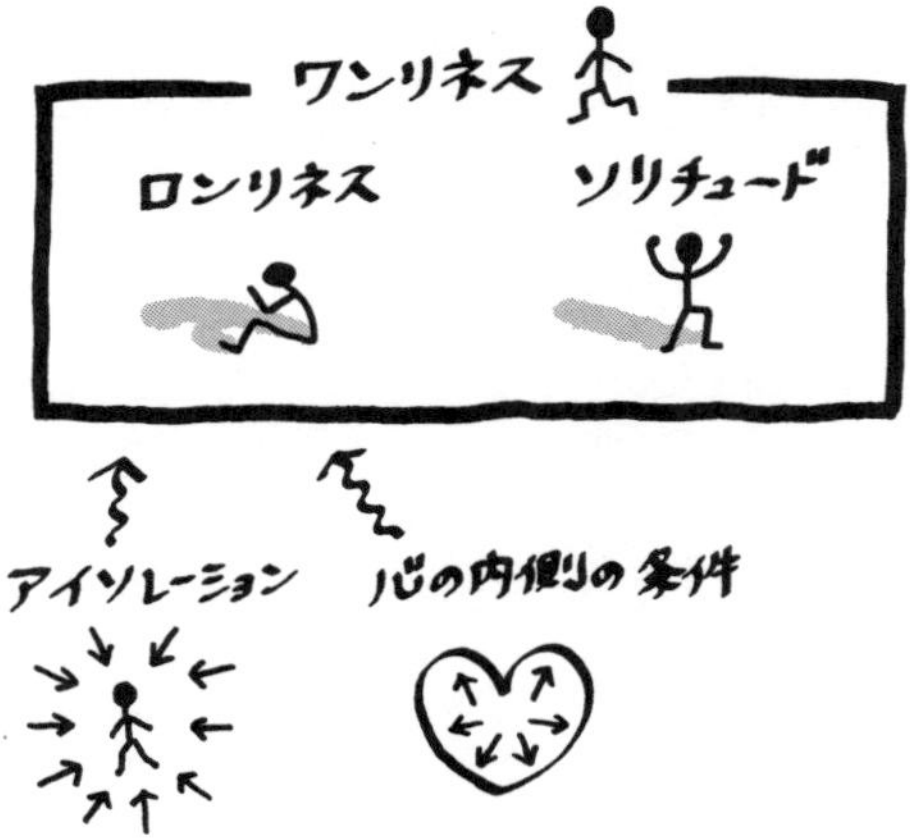

四つの孤独の関係性

これをロンリネスとソリチュードの側から見ると、説明としてはこうなるでしょう。ロンリネスの原因は、主観的な心の問題でありうるし、心の外側の条件、つまり社会的な孤立（アイソレーション）の問題でもありうる。そしてソリチュードを得るための条件には、孤独を楽しめるという主観的・心の問題だけではなく、それを可能にする物質的な条件もあるかもしれない、ということです。

というわけで、本章ではここまでで、四種類の「孤独」が登場しました。本書ではこの四つを区別して使っていきます。三一頁の図に簡潔な定義をまとめておきました。

本書で「孤独」という日本語を使う場合は、ワンリネス、ロンリネス、ソリチュードのどれか一つを指す場合と、それらをふくみこんだ全体を指す場合があります。文章の文脈で、そのうちのどれなのかは分かるように書いていくつもりです。

練習問題として、エルサの孤独をこれらの用語で記述しなおしてみましょう。

最初、エルサはロンリネスを感じています。そのロンリネスの原因は、主観的なものというよりは社会的なアイソレーションによるものです。そのアイソレーションは、彼女が孤児であること、そして王女で、女性であり、魔法の力を隠さなければならないという社会的圧力によるものです。アレンデール王国から逃走したエルサはワンリネスの状態を得ます（つまり、まずは単に独りになります）。そのワンリネスはエルサにとってはソリチュードになります。社会から逃れ、しがらみを捨てることによって、彼女は初めて自分の力と自分らしさを肯定できるからです。

女性とソリチュード

エルサは氷の城の中でソリチュードを見いだします。「レット・イット・ゴー」は「私はここ、日の光の中に立つ／嵐よ、吹き荒れろ／私はどうせ寒さなんかへっちゃらなんだから」という力強い歌詞で終わります。エルサは、独りになることによって、いま・ここにいる自分を肯定し、それまでは恐れて隠していた自分の力（嵐）を肯定できるようになるのです。

ですが、物語はそこで終わりません。「エルサは城に閉じこもって末永く幸せに暮らしましたとさ」と終わればいいものを、そうはならないのです。なぜでしょう？

この「なぜでしょう」という問いかけには二重の意味があります。つまり、物語上なぜなのか、ということと、物語の発するメッセージの上でそれがなぜ必要なのか、ということです。

一つ目の疑問の答えは簡単です。エルサは自分の力を独りで吹き荒れさせているつもりなのですが、実際はそうはいきませんでした。彼女の力はアレンデール王国全体を「永久の冬」の中に閉じこめてしまったのです。エルサはそれをどう解除してよいかわからずパニックになり、一緒に山を下りるよう説得しようとするアナに対して再び魔法を暴発させてしまいます。

ここから先はいわゆるネタバレになってしまいます。ハンス王子はほんとうにアナを愛していたわけではなく、アレンデール王国を乗っ取ることを目的としていたことが明らかになります。エルサはハンス王子に謀殺されそうになりますが、最終的にアナが自らの命を賭してエルサを救い、それによってエルサはアナとのあいだの「真の愛」を知ります。そして魔法の力をコントロールできるようになったのです。

つまり、ここまでの議論の文脈で言い換えると、まず、エルサのソリチュードは真のソリチュードではなかったことが明らかになります。彼女は独りになることで、内面の嵐（魔法の力）と和解したつもりでしたが、実際は彼女は完全に独りにはなれておらず、国全体を巻きこんでしまっていました。結局、彼女のワンリネスはソリチュードにはなれません。というより、彼女は（その魔法の力のために）国全体を巻きこまざるを得ず、そもそもワンリネスさえも獲得できていないのです。

この失敗は、エルサが、最初に抱えたロンリネスを真の意味で乗り越えられてはいないということも意味するでしょう。人の間にあることを拒否してロンリネスを解消しようとしたのですが、結局は人の間（アレンデール王国）に引き戻される。そして人の間にあるからこそ、心を開いてはならない、力を隠さねばならないという命令から生じる彼女のロンリネスは深まるわけです。

最終的にエルサのロンリネスを解消するのは、アナとの姉妹愛です。この、ロンリネスの解消の方法という問題一般については、本書の残りの章でさまざまな視点から論じていきたいと思います。ただ少しだけ先取りすると、ここで重要なのは、エルサのロンリネスが異性愛、つまりここでは男性とのロマンティックな結びつきによって解消されてはいないということです。

第三章で論じますが、近代におけるロンリネス解消の代表的な方法は、「ソウルメイト（魂の伴侶）」を見つけることでした。ソウルメイトは基本的には異性の伴侶ということにされています。初期のディズニー映画、つまり『白雪姫』『シンデレラ』『眠れる森の美女』はその伝統の上にあるものでした。白馬の王子様、運命の人に出会って結婚し、末永く幸せに暮らしましたとさ、という物語です。これは「ロマンティック・ラブ」とも呼ばれる物語パターンです。

ですが、ディズニーがこれらの作品を制作した二〇世紀の半ばの先進国は、福祉国家と呼ばれる時代で、男性が外で働き、女性が家庭内にとどまって専業主婦となることが標準とされ、半ば強制された時代でした。それを背景にすると、ディズニー映画がこれらの作品で美化したシンデレラ願望は、女性の自由な人生の選択をさまたげるものだったと見ることもできますし、実際にフェミニズム批評はそれを批判してきました（巻末参考文献のダウリングや若桑を参照）。

『アナ雪』が革命的だったのは、このようなディズニー自身のシンデレラ物語をこの作品が批判したからです（拙著『増補 戦う姫、働く少女』第一章で論じました）。エルサもそうですが、とりわけそれは、アナの物語に顕著です。アナは先述の通り、「運命の人」に出会うことをワクワクと夢見て、実際にハンス王子に出会い、結婚しようとします。しかしハンス王子の目的はアレンデール王国を乗っ取ることでした。アナはシンデレラ幻想に囚われていたゆえに、ころっとだまされてしまったのです。そのような幻想を批判している点で、『アナ雪』はフェミニズム的な作品でした。

そして『アナ雪』のフェミニズムは、ディズニー自身だけではなく、ソウルメイトのイデオロギー（イデオロギーとは、社会で共有されているある考え方や思い込み、思想のことです）というより広いものにも向けられています。異性の伴侶＝ソウルメイトを見つけることによってこそ孤独は解消されるという考え方も批判しているのです。

なぜエルサの幸せな孤独は認められないのか

そのように考えると、私は、『アナ雪』の展開は少し残念だなあと思ってしまいます。

つまり前節で述べたように「エルサは城に閉じこもって末永く幸せに暮らしましたとさ」ではなぜダメだったのか、と思ってしまうのです。エルサのソリチュードは、異性愛的なソウルメイトとロマンティック・ラブのイデオロギーに染まった世間（そしてディズニーそのもの）からの決別であり、彼女がそのソリチュード、肯定的な孤独の中で幸せに暮らすという結末があってもよかったのではないでしょうか？

なぜそうはならなかったのでしょうか。これが、前節で示唆した「二重の意味」の二つ目の問題です。つまり、エルサのソリチュードがそのまま許容はされないことの、より広い意味の問題です。エルサのソリチュードでこの作品が終わらないことには、それだと映画が三〇分で終わってしまうからという以上の意味があります。

私は、それは、現代の私たちの「孤独」に関して二つのことを表現していると考えています。

一つは、現代においてソリチュードを肯定的に評価し、実際にソリチュードを手に入れることがいかに難しくなっているかということです。本章でまとめた通り、ワンリネス（独りであるという事実）はロンリネス（否定的）にもなり得れば、ソリチュード（肯定的）にもなり得ます。『アナ雪』のエルサは後者の可能性をかいま見せました。しかしおそらく、現代においては、ワンリネスはすなわちロンリネスである（「独り」の状態はすなわちダメな状態）という前提がかなり強力になっています。エルサのソリチュードがソリチュードとして認められないのは、そのような前提の圧力によるのではないでしょうか。

このことは、現代において「ぼっち」となってはならない、人とつながっていなければならないという圧力がいかに強いかを考えてみれば納得していただけるかもしれません。そしてまた、次章以降で明らかにしていきたいのは、じつは近代以前にはそのような観念（ぼっちはロンリネスだという観念）は存在しなかったかもしれないということです。ロンリネスが近代独特のものであると知れば、それは相対化されるでしょう。私たちのロンリネスを相対化して、ソリチュードの可能性を取り戻すこと。これが本書の大きなテーマです。

エルサのソリチュードが認められないことが表現しているもう一つの問題は、「アイソレーション（孤立）」に関わるものです。確認すると、アイソレーションとは、孤独の客観的な条件の問題でした。孤独は主観的な、心の問題である以外に、物質的・社会的・歴史的な条件の問題でもあります。近年孤独が社会問題化される際には、「孤立」という言葉を「孤独」と区別して使うことで、社会的な孤立が強調されています。例えば日本で設置されたのが「孤立・孤独担当大臣」だったことを思い出せばよいでしょう。

アイソレーションの問題がそのように重視されているのは確かなのですが、孤独の社会的条件をどのような水準で見るかについては、まだ問題は山積みです。言い方を変えれば、「孤独の社会的条件」と言う時の「社会」とは何かについて、一般に合意は得られていないのです。その「社会」は家族かもしれないし地域社会かもしれない。もしくはもっと広く、国家の水準の「社会」かもしれない（はたまた、「国際社会」かもしれない）。

また、現在の私たちの「社会」は基本的に資本主義の社会です。それを前提として疑わないのか、それとも現在の「社会」の外側、今とは違う社会を想像しながら孤独について考えるのかによって、話は大きく変わってきます。

少々難しい言い方になってしまいましたが、このすべては「居場所」という言葉で言い換えることができるかもしれません。エルサの居場所はどこか。彼女のロンリネスを解消してくれる居場所は？　居場所は必ずしも家族であったり、地域社会であったりする必要はなく、山の上の氷の城も立派な居場所になるはずです。しかし、『アナ雪』ではそこは居場所にはなりませんでした。「社会」の想像とはこのように、「居場所」の想像と言い換えてもいいでしょう。以上は、本書を通して考えていきたい問題です。

さて、『アナ雪』ではアイソレーションと社会・居場所の想像をめぐって何が起きているでしょうか。それを確認して本章を締めくくることにします。

エルサのアイソレーション

確認したように、エルサの孤独にはアイソレーション（物質的・社会的な孤立）の問題があります。まず指摘できるのは両親に魔法の力を隠すよう命じられたこと。そしてその両親が亡くなってしまったことです（二人が亡くなってしまったことで、その命令が呪いのように永続化したと言うこともできます）。

より広い問題としては、そもそもアレンデールが王国であり、エルサは王女という立場に生まれついてしまったがゆえに、その力を国民から隠さなければならないことがあります。これは当然視されているのか、あまり指摘されることはありませんが、彼女が（そして多くのディズニー・プリンセスが）王女であることは、特権であると同時に、近代的な理念からすれば人権侵害でもあります。近代の法の理念によれば、人間は生まれつき平等であるべきです。生まれによって身分を定める君主制は人権侵害的なのです。

そしてもう一つ、ジェンダー（性別）の問題があります。すでに示唆したように、力を隠さなければならないという命令は、エルサが女性であるがゆえに独特の圧力を持っています。そのことは、「レット・イット・ゴー」の後半で、解放されたエルサが「（世間に期待された）完璧な女の子はもういない」と高らかに歌うことでも分かるでしょう。

彼女は力を隠し、感情も押し殺して「完璧な女の子」、よき王女そして女王になることが期待されました。彼女のロンリネスはそのために生まれました。「完璧な女の子」にならなければ、彼女に居場所はないからです。その限りにおいて、彼女のロンリネスはそのような社会的条件、つまりアイソレーションから生まれたものなのです。

またさらには、本節の前半に述べたこと、つまりこの作品が、孤独を基本的にロンリネスとして否定的にとらえる考え方の圧力のもとにあること、そしてその解消方法として「ソウルメイト」のイデオロギーがあること自体も、かなり広い意味での「社会的条件」と考えるべきでしょう。

だとすれば、アイソレーションとしてとらえられたエルサの孤独の解消法はどのようなものであるべきでしょうか。

論理的な帰結は、王制の解体、異性愛的なジェンダーの体制の解体、そしてそのジェンダーの体制の一部である、ワンリネスはすなわちロンリネスであり、ソウルメイトの発見によってそれを解消しなければならないという前提の解体――これらが、エルサの孤立の解消方法のはずだということになります。驚かれるかもしれませんが、社会の方から変えていくという観点からすれば、王制や異性愛の制度、それにもとづくソウルメイトの理想、こういった、エルサのワンリネスをソリチュードではなくロンリネスにしている条件が破壊されることで、エルサは居場所を見いだし、彼女の孤独が解決される可能性が生じるはずなのです。

これはあまりにも極端で非現実的な解決法だと感じるでしょうか。ですが、そのような極端を考えることは、私たちが無意識のうちにどのような前提を受け容れて暮らしているのかを考えるためには、とても重要な手続きです。

では、『アナ雪』が実際に提示している解決方法は何でしょうか。それはエルサとアナの「姉妹愛」もしくは「家族愛」です。これは確かに、孤独・孤立の現実的な解消方法としては、にわかには否定できないものです。というか普通そう考えるでしょう。孤独な人がいたら、まずは家族が助けましょう、と。

ですがここで引っかかるのは、エルサが魔法の力をコントロールできるようになった理由です。その理由は、エルサがそのような「愛」に気づいたこと以外にはありません。ここにはどうも循環論法があります。

エルサは「愛」に気づいていなかったから魔法をコントロールできずに孤立し、最後は「愛」に気づいたからコントロールできるようになり、孤立が解消されました。しかしそもそも「愛」に気づくことは孤立の解消そのものであり、「愛」と孤立の解消のあいだには鶏と卵のような関係があります。だとすればここでは「孤立が解消されたから

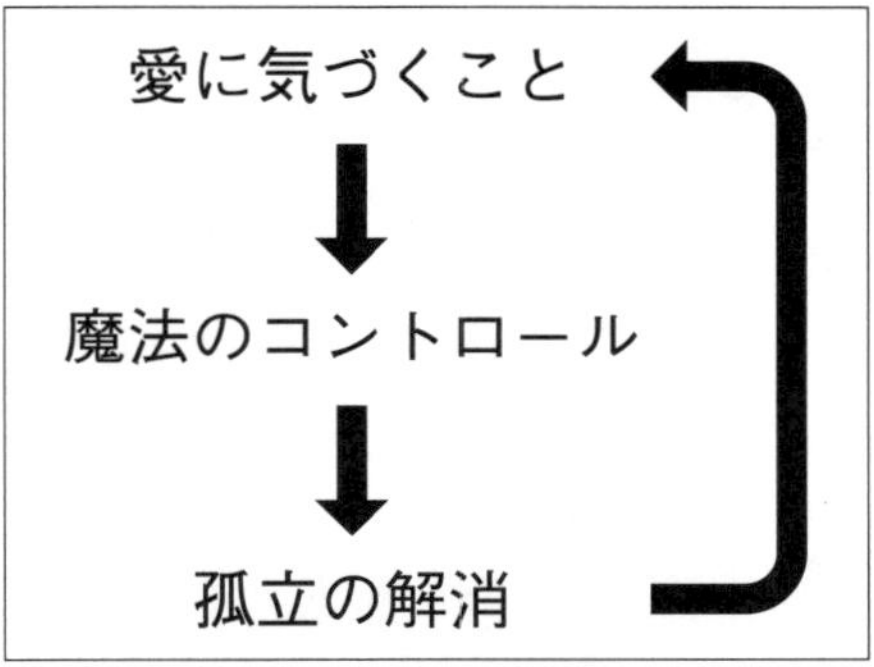

エルサの循環論法

孤立が解消された」という循環論法が隠されているように感じられます。そしてこのような循環論法が使われる場合というのは、往々にして、選択肢がそれ（この場合は家族愛）しかないと思わせたい場面です。

この循環論法によって、何が起きているのでしょうか。それは、孤立を解消するための「社会的解決」と言う際の、「社会」とは何かという想像力へのある種の制限です。つまり、述べたように、極端に考えれば王制の解体がエルサの孤立の解消方法になり得ます（たとえば王制をやめて民主主義で代表制の国にするなど）。その際想像されている「社会」は、国全体という大規模なものです。それに対して、この映画での、「愛」に気づくという解決方法で想像される「社会」は、エルサとアナという身寄りのない家族＝姉妹という最小限の「社会」なのです。

このことの問題は、現実社会での孤立対策に落とし込むと分かりやすいでしょう。孤立を解消するにあたって、国家などの広い社会でサポートするか、そうではなく家族のみにケアを丸投げするかという問題です。『アナ雪』が結局提示しているのは、後者です。ですが、例えば家庭内暴力などで、家族が居場所になり得ないこともあるでしょう。また、孤独問題を家族に丸投げすることは、「ケアする人の孤独」の問題を引きおこしがちです。老老介護に耐えかねて介護対象者を殺《あや》めてしまうといった痛ましい事例を考えてみればよいでしょう。

『アナ雪』の結末は、そのような意味で「社会」もしくは居場所の想像力に制限をかけることで結末たり得ています。肯定的な孤独としてのソリチュードを否定すること、そして社会的孤立としてのアイソレーションの解決を、広い社会ではなく家族＝姉妹という狭い社会へと限定すること。そのような限界を、この作品は持っているのです。

ですが私は、この作品がダメな作品だと言っているのではありません。むしろ逆で、

本章で述べたような、孤独をめぐる豊饒《ほうじょう》な論点をこの作品は提示してくれると評価しているのです（実際、エルサが自分の出自を知って所属すべきコミュニティ、居場所を見いだす『アナと雪の女王Ⅱ』をどう考えるかは、本論の延長線上にある非常に興味深い論点でしょう）。本書では、このエルサの孤独を胸に抱きながら、孤独をめぐるさまざまな問題や物語を巡っていきたいと思います。

第二章

孤独はいつから避けるべきものになったのか

――ひとりぼっちのロビンソン

繋《つな》がりたくはないけれど……

第一章で述べた通り、現代においてはソリチュード、つまり良い孤独を想像し獲得するのが難しくなっています。エルサのソリチュードが物語の上で選択できる解決・結末にならなかったのはそのためでしょう。

ですが、考えてみると、エルサの孤独を求める心は、現代の私たちにはとても身近なものかもしれません。私たちは、人の間にいて繋がり続けることに疲れています。独りになりたいという感情には、みなさんも身に覚えがあるのではないでしょうか。SNSで常に繋がっていて、メッセージを既読スルーできないとき、すべての繋がりを断ってしまいたいと思ったことはないでしょうか。それはつまり、ソリチュードを求める願望なわけですが、私たちはなかなかうまくソリチュードを見つけることができないでいるということでしょう。

エルサが孤独（ソリチュード）を求めることが共感を呼んだのにはそのような現代の経験も背景にあったかもしれません。

エルサが独りになることは許されなかった。それにはいくつかの理由があると思うのですが、当面は、私たちの今の社会がソリチュードとしての孤独をうまく想像することができないためだと考えてみましょう。つまり孤独といえばすなわちロンリネスであり、それは撲滅されなければならないという思い込みを、『アナ雪』は表現していると。

この「思い込み」がいかにして生じてきたのかを歴史的に考えるのが本書の目的です。それを考えることで、現代の私たちがいかにして孤独に対処できるのかについて、ヒントを得ることができるはずです。

そのために本章では、時代をさかのぼって、私たちの「思い込み」を思い切り相対化してみたいと思います。

本章で確かめたいのは、ロンリネス（悪い孤独）という価値観はかなり新しいものだ、ということです。具体的には、それが明確な形で生じてきたのは一九世紀くらいです。本章で論じるように、その萌芽《ほうが》をたどるなら一八世紀までさかのぼることができるでしょう（それを「新しい」と感じるかどうかは人によるとは思います。しかし、人類史という意味ではごく最近と言っていいでしょう）。

ロンリネスなんかなかった時代を知れば、現代のロンリネスやソリチュードに関する感情は思い込みであるという相対化が可能になるでしょう。(だからといってすぐに消し去れるというわけでもありませんが) と いう相対化が可能になるでしょう。まず本章では、孤独をできるだけ広い歴史的な視点のもとで見て、その上で続く章で私たちの現代の孤独にしだいに迫っていければよいと考えています。

「孤独」を表す言葉の誕生

まず、前章で挙げた、孤独と訳せるさまざまな英語について、それらがいつ生まれてどれくらい使われて来たかを見てみましょう。

英語の単語がいつから、どのような意味で使われてきたのかを調べるのに便利な英語辞典に『オクスフォード英語辞典』があります。英語に限らず、言葉は時代によって意味や使用頻度が変わっていくものですが、この辞典はその変化を知るのに最適のものです。

『オクスフォード英語辞典』によれば、ロンリネス（loneliness）という単語の初出は一五八六年です。形容詞形のロンリー（lonely）の初出は一六一六年。挙げられている最初の用法は誰あろうシェイクスピアの『コリオレイナス』からです。それに対してソリチュード（solitude）は一三七四年です。

この初出以上に重要なのは、使用頻度と意味です。五五頁の図1から図3をご覧ください（『私たちはいつから「孤独」になったのか』より）。これは、〝loneliness〟、〝solitude〟、〝lonely〟について、一七五〇年から二〇〇〇年までの使用頻度を示したグラフです。この通り、〝loneliness〟はじつは一八一〇年あたり以前にはほとんど用例がありません。対して〝solitude〟は、一九世紀以後ほどではありませんが一八世紀以前にもそれなりの用例があります。〝lonely〟は、〝loneliness〟よりは頻度が高いものの、やはり一八世紀まではほとんど使われていないと言っていいでしょう。

重要なのは頻度と同時にその意味です。もちろん、〝solitude〟が現代の〝loneliness〟（主観的な、否定的な孤独）の意味で使われていた、という可能性は検討しなければなりませんが、結論から言えばそんなことはなさそうです。初期の、比較的使用頻度の数少ないロンリネスもソリチュードも、いずれも「孤独で寂しい」という意味ではなく、前章に挙げた表現の中では、「ワンリネス」、つまり感情的な意味合いは少なく、単に一人でいる状況や、ある場所が人里離れていることを意味していました。

例えば、イギリスの文学者サミュエル・ジョンソンが一七五五年に編纂《へんさん》した英語辞典では、「ロンリー」は単に一人であること、人気がない場所と定義され、「ソリチュード」は「独居、独りでいる状態」と定義されています。その定義には、感情的な要素は入りこんでいないのです。

日本語の「孤独」についても似たようなことが言えます。「孤独」の語源は『孟子』に見られる「鰥寡孤独《かんかこどく》」という言葉です。この言葉はやはり、主観的で否定的な感情のことではなく、独りである状態を定義したものにすぎません。すなわち、「鰥」とは妻を亡くした夫、「寡」とは夫を亡くした妻、「孤」は親を亡くした子、「独」は子のいない親のことです。

この鰥寡孤独は、日本の律令制（七世紀後半から一〇世紀）で、国家による救済の必要な家族構成を定義するために使われた言葉です。それこそ、社会的アイソレーション

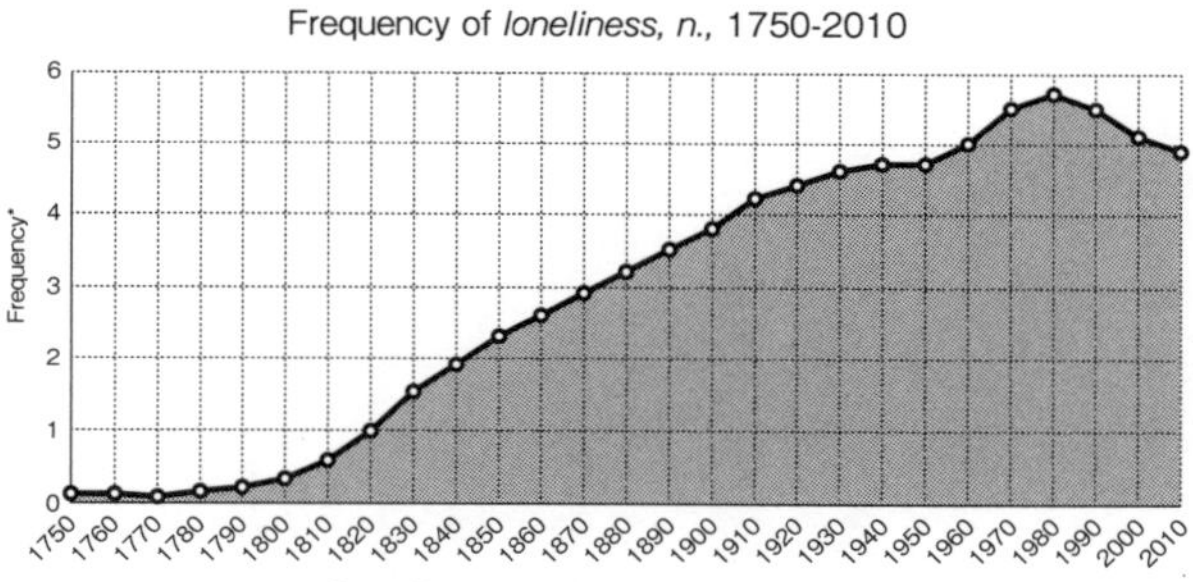

【図1】 loneliness の使用頻度

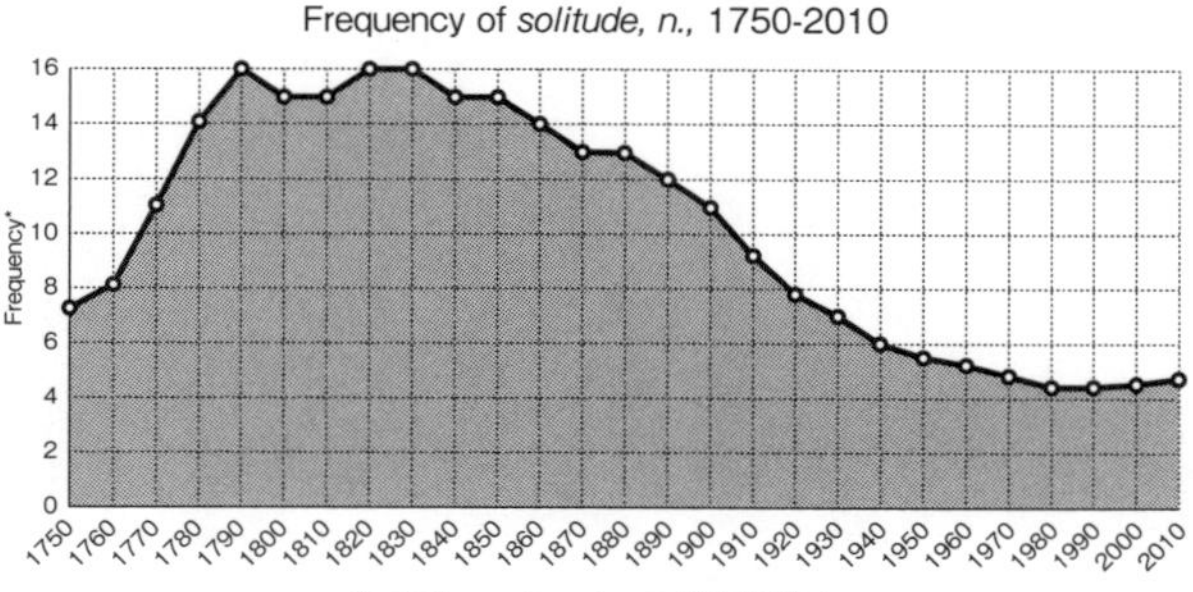

【図2】 solitude の使用頻度

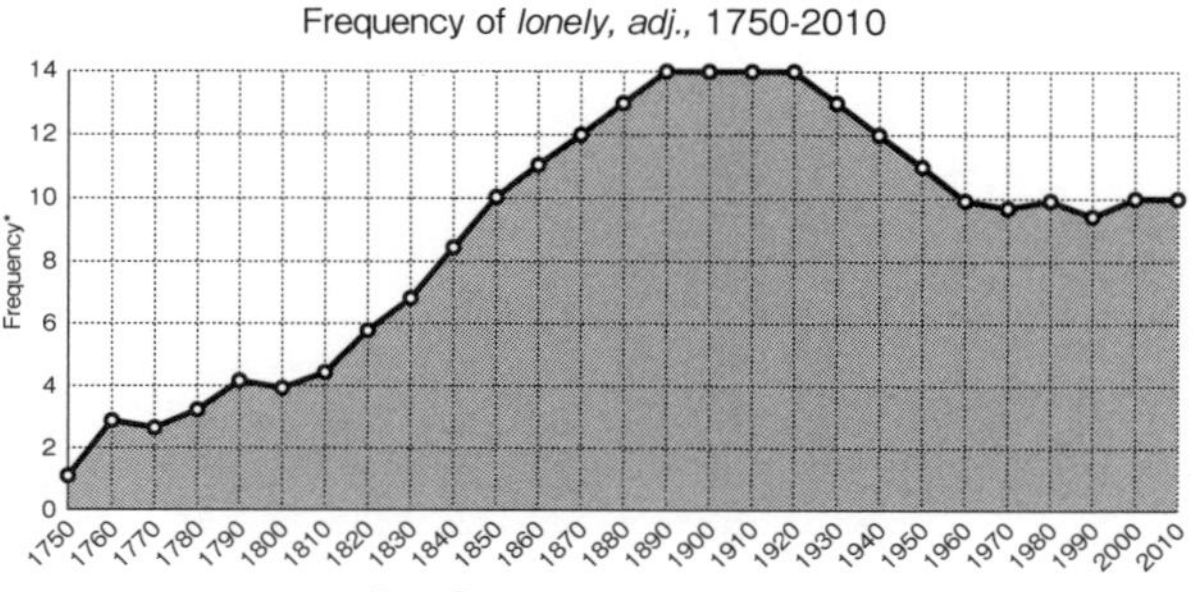

【図3】 lonely の使用頻度

の定義でしかなく、主観的な意味づけは薄いのです。ここで詳述はできませんが、「孤独」がロンリネスの意味を帯びた意味でさかんに使われるようになるのは近代文学を待たなければなりません（本書はこの後イギリス文学を軸に論じて行きますので、鴨長明《かものちょうめい》や松尾芭蕉《まつおばしょう》が近代以前にソリチュードを発見した人ではないかといった論点は、興味深くはありますが残念ながら扱うことができません）。

どうも、言葉の使用頻度と当時の辞書の定義だけから考えても、ロンリネスにせよソリチュードにせよ、一八世紀くらいまでは前章で見たような（否定的であれ肯定的であれ）感情的な意味合いはこれらの言葉にはなかったようです。それは、言葉だけの問題ではないでしょう。人びとの「孤独」をめぐる経験そのものが、違っていたのではないかと思われます。

近代化と個人化と孤独の誕生

大まかにまとめると、一八世紀あたりに、どの意味であれ、「孤独」が誕生しました。

その背景にある変化は、一言で言えば「近代化」ということになるでしょう。近代化にはさまざまな側面がありますが、ここで重要なのは「世俗化」です。世俗化とはつまり、人びとが宗教（キリスト教）を信じなくなったということです。キリスト教を信じないということは、自分を神の下の世界の秩序の一部として見ないということです。神の秩序の一部として見ずに、何として見るかと言えば、「個人」として見るということになります。

また近代化は、かつての共同社会から、より大規模な市民社会への移行でもあります。ドイツの社会学者のフェルディナント・テンニース（テンニエス）の提唱した、「ゲマインシャフトとゲゼルシャフト」という共同体の概念を聞いたことはあるでしょうか。ゲマインシャフトとは、前近代的な、血縁や友人、近隣関係による共同体で、おたがいの感情的・人格的な結びつきが強い社会です。それに対してゲゼルシャフトは近代的な国民国家や企業や都市などの社会で、個人の意志で選びとられた（と少なくとも本人は思っている）、結びつきの弱い社会です。これも近代の「個人化」の一側面ということになるでしょう。

さらに近代化の重要な側面には、「資本主義」の誕生もありますが、これについてはここでは深追いせず、少しずつ考えていきましょう。本章の後半で論じます。

近代の人間は、神の秩序やゲマインシャフト的な共同体から離脱して個人化しました。「孤独」の経験と言葉が重要になっていくのはそのような背景を持っているのです。そして、その境目は一八世紀あたりにありそうです。

孤独なロビンソン

本章ではその近代化の転換点で、孤独の経験を扱ったあるイギリス文学作品を紹介し、検討してみたいと思います。それは、ダニエル・デフォーの小説『ロビンソン・クルーソー』(一七一九年)です。この作品は、確実に「孤独の誕生」以前の作品ではあるのですが、どうも誕生しつつある「孤独」の経験とすでに格闘を始めている、そんな微妙な時期の作品であるように思われます。孤独への対処法の歴史は次章以降も続きますが、本章ではまず『ロビンソン・クルーソー』における「ソリチュードの発明」を見てみたいと思います。

『ロビンソン・クルーソー』の物語はよく知られている通りです。イギリス人の青年ロビンソン・クルーソーは、冒険志向が高じて両親の反対を押して船乗りとなりますが、ついには大西洋で船が難破してしまい、ベネズエラ沖の無人島に独り打ち上げられます。難破した船の物資を利用しての狩猟や採集だけではなく、最終的には農耕や牧畜をして生活を成立させていきます。途中で、人食い族に食われそうになった別の原住民（フライデーと名づけられます）やスペイン人の船乗りを救ったりしながら、ロビンソンはその島でなんと二八年を過ごし、イングランドに戻ります。

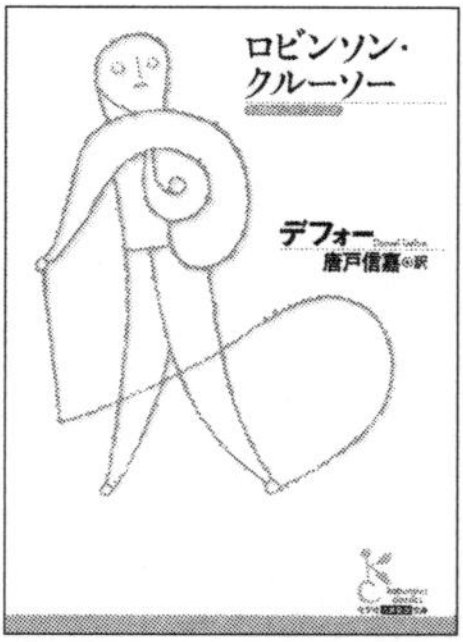

『ロビンソン・クルーソー』
（光文社古典新訳文庫）

絶海の孤島にたった独り。そのような生活の第一の問題が衣食住であることは当然ですが、それと同じくらいに孤独が問題になりそうです。

ですが、一八世紀（舞台は一七世紀）のこの小説における「孤独」は、ここまで述べてきた通り現在の私たちが考える孤独とはかなり異質なようです。

実際、使われている言葉を見てみても、この小説ではロンリネスという言葉は一度も使われていないのです。ロンリーが一回、ソリチュードが一回、ソリチュードの形容詞形であるソリタリー（solitary）が一三回です。

では、この小説の主人公ロビンソン君は、否定的な感情としての孤独（ロンリネス）と無縁の、強メンタルの持ち主ということでしょうか。その線も捨てがたいのですが、そう考えるのはちょっと早計です。実際彼は、島の近くでもう一隻の船が難破したけれども船員は一人も助からなかったらしいと分かった際に、このように嘆きます。

この事態を前にした私が、魂の底でいかなる奇妙な渇望を覚えたか。それは、どんな言葉によっても表現できるものではない。私はときどきこう叫ばずにはいられなかった。「ああ、一人か二人でいいのだ。乗組員の一人でも助かって島にたどり着いていてくれたら。そうすれば、私に話しかけ、語り合う仲間ができたのに」長い孤独な日々のなかで、このときほど切実に仲間が欲しいという強い渇望——そして同時に、仲間がいないという深い悲しみ——を感じたことはなかった。

ちなみにここで出てくる「孤独」は原文では〝solitary〟ですが、当然これが「良い孤独」としてのソリチュードの話をしているわけではないことは文脈から理解できるでしょう。むしろ逆で、現代であればロンリー、ロンリネスと呼べばいいような感情を、確かにロビンソンは抱いているのです。

ここでは何が起きているのでしょうか。前章で整理した、「悪い孤独＝ロンリネス」、「良い孤独＝ソリチュード」という定義は、間違っているのでしょうか？

ここでは、時代によって言葉の意味やその背後の経験は変化するのだ、ということをしっかり理解して先に進む必要があります。私たちが『ロビンソン・クルーソー』で立ち会っているのは、近代的な孤独の誕生の瞬間です。歴史の上で新たに誕生した経験には、まだ名前がついていない、というのはよくあることです。

例えば、フランスの哲学者ジャン＝ジャック・ルソーの晩年の著作に『孤独な散歩者の夢想』（一七七八年）という著作がありますが、「孤独な」はsolitaire、つまり英語で言えばsolitaryです。また、一七九一年にはイギリスで、ドイツの医師ヨハン・ゲオルク・ツィンマーマンの『孤独が心と感情に与える危険な影響についての考察』という本の翻訳が出て、かなり広く読まれたのですが、この本の「孤独」もsolitudeです（この本についてはデイヴィッド・ヴィンセント『孤独の歴史』を参照）。いずれも、今であればロンリネスと言いそうなところに、ソリチュードという言葉を当てています。

というわけで、作者のデフォーには、意味が確立したロンリネスという言葉はまだ与えられていませんでした。そこで使われたのが、ソリチュード（ソリタリー）という言葉だったのです。

神の秩序に包まれて？

ただし、現代であればロンリネスと呼べるような経験をロビンソンはしていたが、表現できる言葉がないのでソリチュードという言葉が当てられた、とだけ言ってしまうと、それもまた違うようです。ここではもう少し微妙な、複雑なことが起きています。じつのところ、この小説は、近代的な「孤独」を発見しつつ、その解消方法をすでに模索しているのです。そしてその解消方法は、驚くなかれ、第一章のエルサと同じく、「孤独」なのです。ロビンソン君も孤独によって孤独を解消している。どういうわけでしょうか。

ロビンソンが孤独によって孤独を解消するにあたっては、かなり逆説的な回り道が取られています。その回り道とは、信仰・宗教です。順を追って説明しましょう。

まず、ロビンソン君は述べた通り、孤島で独りになってまずはちゃんと嘆いています。序盤、彼は、境遇の厳しさと、そのような境遇に自らを追いこんでしまったことに対してかなり鬱々としています。

それに追い打ちをかけるように、ロビンソンはマラリアにかかって高熱で寝込んでしまいます。病気というのは不安ですし孤独な気持ちを加速させるものですね。ロビンソンもその例に漏れないのですが、その時に彼の心の中に起こる変化は、このようなものです。

病気になって二日目、三日目になると、こうした思い〔これは神の裁きなのだという思い」が一層募って私を苦しめた。苦しみと高熱のあまり、そしてまた良心の呵《か》責《しゃく》から、私はとうとう神への祈りのような呟《つぶや》きを漏らした。だがそれは何かを願い、待ち望むような祈りではなかった。単に恐怖と苦悩がそのまま声になったものに過ぎなかった。頭が混乱し、罪の意識が重く心にのしかかっていた。こんな惨めな状態で自分は死んでいくのだと思うと、恐怖のあまり、とりとめのない考えばかりが浮かび、不安しかなかった。魂がこのように動揺していたので、何をいおうとしたのか自分でもよくわからない。それは叫びに近かった。「主よ、私は何と惨めな生きものなのでしょうか。病気になれば私はお終《しま》いです。助けてくれる人もいません。これからどうなるのでしょう」目に涙が溢《あふ》れてこぼれ落ちた。それ以上いうべき言葉が見つからなかった。

かなり追いつめられていますね。この一節が「変化」であるというのは、ロビンソン君はそれまで、あまり熱心なキリスト教徒ではなかったのですが、この島で独りになってからは、与えられた状況をポジティヴに捉えるために、いろいろなものが神の恩寵《おんちょう》であると自分を納得させたりしており、ここでついに悔いを改め、神に呼びかけるのです。ロビンソンはなんとか治癒して、持てる物資で生活を立て直していきます。まずはこの島に豊富に育つ果物を採取したり、ウミガメを狩って食べたりといった採取生活を始めます（その際に、島を見回して「この土地は全部私のものだ。私はこの土地の絶対君主であり王なのだ。すべてが私の所有物なのだ」などと傲慢なことを考えたりします。この台詞《せりふ》の重要性については後で）。そしてさらには島の気候風土を理解して農耕生活に入ります。

島に上陸して二周年の記念日に彼はこんなことを考えます。

なるほど私は孤独ではあった。だが社会の中で自由に生きるよりも、そしてまたこの世のあらゆる悦楽を享受するよりも、私はここでより大きな幸福を得ることができるのだ。そのことを教えてくれた神に、私は謙虚な気持ちで感謝せずにはいられなかった。神がすぐそばにいることを思えば、他人のいない孤独な生活もさして苦ではなかった。神の恩寵は私の魂に働きかけ、私を支え、慰めた。それは、この世では神の摂理に従って生き、死後は神という永遠の存在に頼ることを私に教えたのだった。

あらあらなんとも様変わり。不信心だったロビンソン君は、この島での孤独やマラリアを天罰ととらえ、反省して神に祈るようになり、自分が神の秩序（神が造ったこの世界）の一部であると感じることによって孤独を解消したように見えます。まあ、確かに幸せそうです。ロビンソン君。

「孤立的経済人」へ

では、こういうことなのでしょうか。つまり、もともとは信心に乏しかったロビンソンは「近代人」だった。彼は世俗化し、個人化しているという意味で近代人であったのだが、それが無人島では孤独（今で言えばロンリネス）の原因となった。その孤独を解消する方法は、近代人であることをやめて、神の秩序のもとに還《かえ》ることだった。前近代の世界に還ることで、彼は近代的な孤独から逃走することができた……。一見するとこ

のように読み取れるかもしれません。

しかしロビンソンについては、どうもそういうことではなさそうなのです。じつは、彼が近代人であることと、宗教に目覚めることは矛盾せず、そこにこそ彼の孤独解消の秘訣《ひけつ》があるのです。これまた逆説的に聞こえて、頭が混乱するかもしれませんが、もう少しがんばってついてきてください。

ここで、一九世紀から二〇世紀初頭の社会学者マックス・ウェーバー（ヴェーバーとも）に登場してもらおうと思います。ウェーバーは主著『プロテスタンティズムの倫理と資本主義の精神』（一九〇四－五年）で、『ロビンソン・クルーソー』に触れています。引用してみましょう。


民衆の想像力のなかで、「虚栄の市」のただなかを天国に向かって急ぐバニヤンの「巡礼者」の内面的に孤独な奮闘に代わって、「ロビンソン・クルーソウ」、つまり同時に伝道もする孤立的経済人が姿をあらわした……。（傍点は原文）

これは、孤独を論じる本書にとって、かなり衝撃的な一文です。解きほぐしてみましょう。まず、普通は、近代の世俗化（脱宗教化）と資本主義社会の進展は同時に進んだと思われがちですが、『プロテスタンティズムの倫理と資本主義の精神』という本は、そうではないと論じています。そうではなく、ウェーバーによれば、宗教、とりわけ禁欲的なプロテスタンティズムは資本主義の「精神」を与えたというのです。

禁欲的なプロテスタンティズムと言うと、いかにも「金儲《もう》け」は禁じそうに聞こえると思います。ですが、個人の節制・節約や刻苦勉励を推奨するプロテスタンティズムの倫理は、あくまでそのような禁欲の結果として金儲けができてしまうなら、それは否定しない、というか肯定する、とウェーバーは論じているのです。近代の資本主義は、単に脱宗教化することによってではなく、むしろキリスト教の倫理を利用して成立してきたのだというのがウェーバーの発見でした。

先ほどの引用でロビンソンと対置されているバニヤンの「巡礼者」というのは、『ロビンソン・クルーソー』の作者デフォーの一世代前の宗教者であり文学者のジョン・バニヤンの『天路歴程』（一六七八／一六八四年）のことです。

『天路歴程』は、「クリスチャン」という名前の主人公が、「破滅の街」を背にして、人間の欲望を具現化したような「虚栄の市」の誘惑を断つなどしながら「天の都」にたどり着く巡礼の旅路を歩むという宗教寓話《ぐうわ》です。

「破滅の街」や「虚栄の市」を、当時すでに萌芽していた資本主義社会だと考えれば、ここでのクリスチャンとロビンソン・クルーソーの対比は明確でしょう。クリスチャンが資本主義を否定し、それに背を向けて神の国を目指すのに対して、ロビンソンは資本主義を肯定し、同時に信仰も捨てない(「同時に伝道もする」)のです。同時に、というより、『プロテスタンティズムの倫理』の主旨を考えれば、資本主義と信仰は矛盾しないのです。バニヤンが「虚栄の市」と呼ぶ資本主義社会は、ロビンソンにとっては神の秩序そのものなのです。

ロビンソンが経済人であるということの意味を確認しておきましょう。『ロビンソン・クルーソー』は言わば、資本主義の発展の寓話になっています。ロビンソンが、島を彼の王国とみなした場面について触れましたが、あれは、彼が島の自然を、「本源的蓄積」のための資源とみなしたということでした。

「本源的蓄積」とは、資本主義が生じる際に必要とされる富の蓄積のことです。イギリス史を勉強したことのある人は「エンクロージャー（囲い込み）」という言葉を聞いたことがあるでしょう。土地を囲いこんで独占し、そこで生産を行う（その土地から追い出され、自らの労働力以外に売るものがなくなった労働者に生産を行わせる）というのが、資本主義の始まりだったのです。

ロビンソンは狩猟・採集生活から農耕生活へ、つまり生産活動へと移行していきます。そしてさらに「フライデー」という奴隷／労働者を獲得します。そのような意味で、『ロビンソン・クルーソー』は資本主義の発展の寓話であり、ロビンソンは先の引用にあった「経済人」なのです。以上については経済史家の大塚久雄が『社会科学の方法――ヴェーバーとマルクス』の第二章「経済人ロビンソン・クルーソウ」で論じています。

さて、ここからが本書にとってこの上なく重要な話になります。

先ほどの引用をもう一度見てください。ここには、「孤独」と「孤立」という言葉が見られます。バニヤンの宗教的奮闘は「内面的に孤独」とされ、ロビンソンは「孤立的経済人」とされています。正確を期すために確認すると、バニヤンの「孤独な」はドイツ語で〝einsam〟、英語訳（私の持っているペンギン版）では〝lonely〟で、ロビンソンの「孤立的」はそれぞれ〝isoliert〟／〝isolated〟です。

ウェーバーはかなり意識的にこの二つの言葉を書き分けたのではないでしょうか。ここまで論じてきたような、近代における孤独の意味の分裂を、かなり鋭敏に捉えていたのではないでしょうか。

ただし、三一頁で確認したさまざまな「孤独」の定義にあてはめるなら、バニヤンの「孤独」はロンリネス、ロビンソンの「孤立」は（アイソレーションではなく）ソリチュードである、と言った方がよさそうです。いや、バニヤンも主観的には「良い孤独」としてのソリチュードを目指したと言うべきではありますｒ。つまり、近代の個人化する世俗的資本主義社会が二人の出発点にあり、そこでは個人はロンリネスに苛まれるわけです。そこからの脱出の仕方がこの二人では異なるという言い方が正確でしょう。

つまり、バニヤンの主人公クリスチャンは、資本主義社会に背を向けて独りになり、（エルサのように！）山の上の神の都を目指します。それに対してロビンソンは、彼が経済活動を行う孤島を同時に神の秩序とみなし、彼のロンリネス状況をソリチュードへと反転させるのです。

ロビンソンは、近代的なソリチュードを発見しました。ただしそれは単に独りになることによって発見したわけではありません。彼は一度孤立し（アイソレーションとロンリネスを経験し）、それを乗り越えるために一度は神の秩序に身を委ねることを知るのです。ただし彼は近代的な個人化をやめるわけではありません。彼は自分が神の秩序の中にいると知って初めて、彼の島の上での経済活動を始めることができます。神の秩序の中にいるからこそ、「孤立的経済人」としての道を歩めるようになっているのです。

これを違う角度から言い換えると、ここでは資本主義的な活動が、「道徳的に正当化」されていると言うこともできます。孤立した個人として私利を得ることが神の名の下に正当化されるわけです。同時に資本主義がもたらすロンリネスも解消されるのです。

その観点で何より重要なのは、そんなロビンソンがとても充実し、幸せに見え、ロンリネスから自由になっているように見えることです。読者としても、『ロビンソン・クルーソー』の読み所はそこにあるでしょう。現世から隔絶された孤島で、まっさらの状態から自らの労働によって独りだけの国（＝資本主義社会）を造っていくことの快楽。

ロビンソンが「孤独を発見することで孤独を解消した」こと――つまり、ぼっちのまま居場所を見つけたこと――の意味とは以上のようなものでした。『ロビンソン・クルーソー』は近代的な孤独の誕生の瞬間に、すでにその解消方法を示唆したのです。

ですが、これは本書の後半で論じられればと思いますが、私たちにはロビンソンに与えられたような「プロテスタンティズムの倫理」――彼の孤立をロンリネスではなく、ソリチュードにしてくれた神の秩序と倫理――が与えられているでしょうか？ 現代の私たちもまた確実に「孤立的経済人」ではあります。しかし、その場合の孤立は、ロビンソンが見いだしたソリチュードではなく、再び厳しいアイソレーションとロンリネスになってしまっていないでしょうか？ そうなってしまったのは、現代が倫理なき競争の世界になってしまったからではないでしょうか？ この疑問を胸に、もう少し時代を先に進めて近代のロンリネス解消法の歴史をたどっていきましょう。

第三章

「ソウルメイト」の発見
――依存と孤独とジェイン・エア

「ソウルメイト」の誕生

近代になってロンリネス（否定的な孤独の感情）が登場し、それに対して人びとはさまざまな方法でそれを解消・回避しようとしてきました。前章のロビンソン・クルーソーは、自らを神の秩序に属すると考え、彼が労働をして作りあげる資本主義社会と神の秩序を矛盾しない一体のものと考えることで、孤島での孤独をむしろ充実したやりがいのあるものとして見いだしました。彼はそのような意味で、積極的で豊かな孤独としてのソリチュードを発見しようとしたと言えるでしょう。

ロビンソンのソリチュードは、社会に背を向けて独りになることに救いを見いだすような、ロマン派的なソリチュードとはかなり異質です。……ロマン派？　これについては、第五章で説明します。

本章では一九世紀半ばまで時計を進め、「ソウルメイト（soul mate）」の発見によるロンリネスの解消を検討しましょう。ソウルメイトは日本語に訳せば「魂の伴侶」ということです。これは、恋愛における「運命の人」という形で現代まで生き残っているものですし、第一章で論じたように、『アナと雪の女王』が対峙《たいじ》した観念です。

本章で論じたいのは、一九世紀イギリスの小説家シャーロット・ブロンテの『ジェイン・エア』です。シャーロット・ブロンテは一八一六年生まれ、一八五五年に三八歳で早世した作家で、妹のエミリーとアンも作家でした。『ジェイン・エア』は一八四七年刊行です。

この後紹介していきますが、この小説にはたっぷり「孤独」が書きこまれ、それが解消されていきます。その際に鍵となるのがソウルメイトの発見です。ですが本章の結論では、『ジェイン・エア』という作品は、現代まで続くソウルメイトの観念を発明しつつも、同時にすでにそこから逸脱するような何かを持っていたことを示したいと思います。

『ジェイン・エア』はたびたび映画化されています。最新版はキャリー・ジョージ・フクナガ監督による二〇一一年版です。これは物語の構造が原作とは少し違います（原作の物語の後半を出発点として回想形式で語られていきます）ので、注意が必要ですが、物語の全体を理解するためにも観ていただくといいかもしれません。

『ジェイン・エア』の物語

あらすじを確認しましょう。主人公はタイトルにもなっているジェイン・エアです。彼女は生まれてすぐに両親を亡くし、伯母のリード夫人の家で、リード夫人とその子供たちにひどくいじめられながら育っていきます。やがて彼女はローウッド校という寄宿舎学校に送られます。住環境もひどく、傍若無人な規律で縛られた学校生活の中で、ジェインの心の拠り所はやさしいテンプル先生と同級生のヘレン・バーンズでした。ですが、そのヘレンも結核で亡くなってしまいます。

やがてジェインは成長してローウッド校の教師となり、女家庭教師として貴族のロチェスター氏のソーンフィールド屋敷に勤めることになります。ジェインは、ロチェスター氏の連れ子であるアデールの家庭教師となります。

ロチェスター家には、最初から謎がつきまとっています。屋根裏部屋に響く謎の笑い声、ロチェスター氏の寝台が燃える（放火される?）事件、客として来たメイソン氏が何者かに襲われて怪我をする事件など。

そういった事件を通じて、ジェインはロチェスター氏を助け、やがて二人は惹《ひ》かれ合うようになり、結婚することになります。ところがその結婚式に、メイソン氏が乱入し、衝撃的な事実を明らかにします。ロチェスター氏は植民地ジャマイカで、メイソン氏の妹のバーサとすでに結婚していたというのです。遺伝によるとされる狂気におちいったバーサは屋敷の屋根裏部屋に閉じこめられていました。ロチェスター氏の主張によれば、結婚は仕組まれたものでした。

傷心のジェインはソーンフィールド屋敷から身一つで去ります。放浪の末に牧師のシン・ジョン・リヴァースのもとに身を寄せるジェイン。シン・ジョンは偶然にもジェインのいとこであることが明らかになります。シン・ジョンはインドへの宣教に、彼の伴侶となってついてくるようにジェインに請いますが、ロチェスターの呼び声を耳にしたジェインはそれを断ってソーンフィールド屋敷に戻ります。

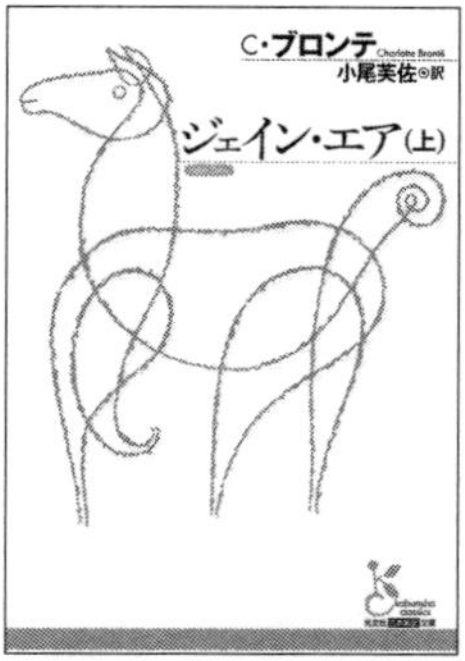

『ジェイン・エア』（上）
（光文社古典新訳文庫）

ここで、二つの裏の筋が重要となります。ひとつは、ジェインが去った時に、バーサの放火によってソーンフィールド屋敷が焼け落ち、バーサは死んでロチェスター氏は障害を負ってしまったこと。そしてもうひとつは、ジェインの伯父が彼女に多額の遺産を遺していたことが明らかになることです（リード夫人はそのことをジェインから隠していました）。

ソーンフィールド屋敷に戻ったジェインは、今度こそ対等な魂としてロチェスター氏と結ばれ、彼と添い遂げることを誓います。

ジェインの孤独と「友達」

この小説でなんと言っても印象的なのは、ジェイン・エアという人物でしょう。彼女は孤児という境遇もあり、孤独です。孤独ですが、彼女は子供のころから芯が一本通っている性格で、孤独だからといって卑屈になることはなく、強い自我を持っています。この、アイソレーションがもたらすロンリネスと、それに負けないようがんばっている自我の組み合わせ、そして最終的なロンリネスの解消が感動の主成分になっています。

『ジェイン・エア』は一九世紀に確立した「教養小説」と呼ばれる小説のジャンルの代表作のひとつとみなすこともできます。教養小説とは、ドイツ語のビルドゥングスロマン（Bildungsroman）の訳語です。「教養小説」では分かりにくいですが、もっと分かりやすく直訳すれば「主体形成小説」とでも訳せるでしょう。もっと平たく言えば、「成長小説」です。主人公の幼児期から青年期くらいまでの成長を描く小説で、イギリス文学では他にチャールズ・ディケンズの小説があります。最初、主人公が孤児であることが多いのも、このジャンルの特徴です（ちなみに『ハリー・ポッター』シリーズもこの定型を利用しています。孤児から出発して、隠された遺産や血筋が明らかになる、という型です）。

さて、『ジェイン・エア』は孤児で孤独であったジェインが、十全たる人格の持ち主へと成長していく物語なわけですが、その時に、先に述べた自我の強さや独立心だけではやはり不十分なわけです。ジェインがいかに最初の孤独を解消していくか。いかにして自分が所属する人間関係やコミュニティを見いだしていくか。それが物語の本体なのです。

一般的にも、ビルドゥングスロマンは、主人公が社会の中で居場所を見いだすことで終結します。そして、『アナ雪』について述べたように、その「居場所」は本来、多様なものです。では、ジェインはどのような居場所を見いだしたのでしょうか？

結末だけ見れば、ジェインの孤独を解消するのはロチェスター氏との結婚です。ここには、近代における「ソウルメイト」（魂の伴侶）という理想があります。ソウルメイトは基本的には異性の、生涯の伴侶ということです。しかしポイントは、それを見つけられない人は孤独（ロンリー）である、という含意でしょう。ソウルメイトは孤独の解消法なのだけれども、ソウルメイトがいなければだめだ、という考え方がむしろ孤独を生み出してきたとも言えます。

そして問題は、そのような考え方と、異性愛を標準・普通とするような考え方が合流することです。そこに、第一章で論じたような、かつてのディズニーの「シンデレラ幻想」が生まれました。つまり、孤独を解消するためには「運命の人／白馬の王子様／ソウルメイト」を見つけて結婚しなければならない。それができない人は孤独であるという思い込みです。

少々勇み足になりました。『ジェイン・エア』は確かにソウルメイトの発見で締めくくられます。そしてジェインはロチェスター氏の隣に最終的な居場所を見いだすように見えます。最終章の第三八章は「読者よ、私は彼と結婚いたしました」という報告で始まりますが、この結末は一部のフェミニズム批評では大変に評判の悪いものでした。結婚こそ女の幸せだというのか、ということですね。もっともな指摘だと思います。しかし、重要なのはそこにいたるプロセスですし、どうも『ジェイン・エア』のソウルメイトは、今述べたシンデレラ幻想とはすでにかなり違っていたようなのです。

まず、ソウルメイトに至る前に、ジェインの孤独解消法として重要になるのが、友達や友情です。ですが、私が初めてこの小説を読んだとき、この「友達」という言葉の使われ方は独特だな、と感じました。少し、物語の展開に沿って、この小説での「友達」を確認してみましょう。『ジェイン・エア』で最初に〝friend〟という言葉が出てくるのは第二章、ジェインのリード夫人の家での立場に関する彼女の述懐の中です（以下、『ジェイン・エア』は小尾芙佐《おぶふさ》訳の光文社古典新訳文庫版を使用しますが、表記統一や個々の訳語の調整のために部分的に改訳をします）。

もし私が快活で利発で、のんきでわがままで、器量もよくおてんばな女の子だったら――よるべもなく友達もいない子だとしても――ミセス・リードは私の存在を大目に見ていただろう。彼女の子供たちももっと温かな友情をもって接してくれただろうし、召使たちも私を子供部屋の贖罪《しょくざい》の山羊に仕立て上げたりはしなかったと思う。（傍点筆者）

傍点を付して強調した「よるべもなく友達もいない」は、英語では〝dependent and friendless〟です。つまり、直訳すると「依存しており、友達もいない」ということですね。ここでは、ジェインがリード家でいかに孤立し、孤独であったかが述べられているのですが、面白いのは、「友達がいないこと」と、リード家に「依存していること」が等号で結ばれている点です。友達という依存先がないゆえにリード家に依存する必要が、ジェインにはあるのですが、ただ残念ながらジェインはリード家に受け容《い》れられるために必要な、ここに列挙されるような性格を持ちあわせてはおらず、彼女は家族や召使いに虐待されます。

ここで興味深いのは、「依存していること」が「孤独であること」と結びついている点ではないでしょうか。

一般的な問題として、誰かに依存していることは、必ずしも孤独に結びつくわけではありません。そのまったく逆の可能性もあります。つまり、例えば温かい家族に支えられていることを想像していただければ、依存状態だけれども孤立・孤独状態ではない場合もあることがわかるでしょう。

依存が孤独に結びつくのはどういう場合でしょうか。それは、ジェインが今直面しているような場合です。つまり、依存しており、その引き換えに自己決定権を、生活や人生の選択を自分でする権利を、奪われるような状況です。ジェインはそのような依存＋孤独から脱する必要がありますし、どうやらこの小説は依存と孤独のそのような複雑な関係のもとで、友情やソウルメイトという人間関係を探求するものであるようです。

さて、ジェインの素敵なところは、自分をひどい目にあわせているリード家との「友情」に譲歩して、自分の孤独を解消するなどということは、断固拒否するところです。

第四章では、ジェインが送られることになるローウッド寄宿校の校長ブロックルハーストがリード家にやってきて面談をします。リード夫人は、ジェインの根性がねじ曲がっていて嘘《うそ》つきだと校長に告げ口し、校長は、それは厳しく矯正しないといけないねと言って帰っていきます。

ここで、ジェインはリード夫人に激烈な反撃をします。今後あなたのことを伯母さんとは呼ばない、あなたの私に対する虐待を言いふらしてやる、あなたこそ嘘つきだ、と。それはもうスカッとするような反撃です（ジェインの魅力はこの、空気なんか読まず思ったことを口にする性格なのです）。リード夫人はそんなジェインを懐柔しようとします。

「なにか欲しいものがあるの、ジェイン？　いいこと、わたしはあなたのお友達になりたいと思っているんですよ」

「まさか。あたしは悪い性格の子だって、ひとを騙《だま》す性質があるってブロックルハーストさんに言ったじゃありませんか。あたし、ローウッドのひとたちに、あなたがどんなひとで、どんな仕打ちをしたか、みんな話してやるわ」

強いられた依存状態のジェインは、「お友達になりたい」というリード夫人の偽善をはねつけます。確かに私はあなたたちに依存している。だからといって「お友達」になりたいなどという屈辱は断固として拒否する。自分の存在の承認と引き換えに自由を明け渡すようなことはしない。ジェイン、最高です。

この反撃はジェインがローウッド校に行くことが決まって、リード家にはもはや直接的には依存しないということが分かったから行えたことではあります。とはいえ、述べた通り、この後この小説は、「孤独（と、その解消としての友情やソウルメイト）」と「依存」が時には矛盾し、時にはそれらがバランスを取る協奏曲になっていくのです。

友情から恋愛へ？

私は初めてこの小説を読んだとき、ジェインとロチェスターとの間での「友達」という言葉の使われ方に戸惑いつつ、妙に感動しました。ロチェスターはずっとジェインに「私の友達」という呼びかけを続けるのですが、それが言わば臨界点に達するのは第二三章です。ここまで、ジェインは明らかにロチェスター氏に惹かれつつ、身分違いの恋を自制しています。それよりなにより、ロチェスター氏はイングラム嬢という貴族の娘と仲のよい様子で、結婚は時間の問題であるように、ジェインの目には映っているのです。

そんなある夏の夕べに、ロチェスター氏はジェインに、自分は結婚することになった、ついてはジェインはソーンフィールド屋敷にはもういられない、アイルランドにでも職を世話するから、ということを告げます。

先に言っておくと、ここでロチェスター氏はちょっとした術策を弄しています。実は彼はイングラム嬢と結婚するつもりなどはなく、ジェインを愛していて彼女と結婚したいのです。

じゃあ自分からはっきり、愛していますます結婚してくださいと言えばいいものを、ロチェスター氏はイングラム嬢との結婚を匂わせて観測気球を放ち、ジェインの気持ちを確かめようとしているのです。さらには、あわよくばジェインの口から好きですと言わせてやろうという目論《もくろ》みでしょう。ロチェスター（もう呼び捨てにします）はかくも小さな人物なのです。

おっと、ちょっと感情が走りすぎてしまいました。問題の「友達」が登場するのはこのやりとりのさなかなのです。


「そうだねえ。君がアイルランドはコンノート州のビターナッツ荘に行ってしまったら、もう二度と会えないなあ、ジェイン。それはまあ、たしかだよ。あの国はあまり好きになれないのでね、わたしがアイルランドに行くことはあるまいからね。わたしたちは、いい友達だったねえ、ジェイン、そうだろう?」

「はい」

「友達同士の別れの夜には、残されたわずかな時間を共に過ごすものだ。おいで。半ときほど、星が天空に燦然《さんぜん》と輝き出すあいだに、船旅のことや別れについて静かに話し合おうじゃないか。……」


なんというか、ロチェスターは、いやらしいな、と思います。そもそも、貴族の雇い主と女家庭教師（召使いよりは上ですが、貴族や中流階級よりは確実に下の階級です）のあいだで「友達」という呼び名を使うことは、それ自体すでに本来の距離感を壊していま す。それによってジェインをぐらぐらと揺さぶっているのです。

ロチェスターはさらに、ジェインはここ（ソーンフィールド屋敷）に留《とど》まるべきだという矛盾したことを言い始め、さらにジェインを揺さぶります。その結果出てくるのが、ジェインの次の名台詞《せりふ》。希代の名台詞です。長くなりますが、とっくりと味わってください。

「出ていかねばならないのです！」と私は激情のようなものに駆られて言い返した。「あなたにとってなんの意味もないものになっても、ここに留まることができるとお思いですか？　わたくしは自動人形なのですか？　感情のない器械なのですか？ひとかけらのパンを口からもぎとられ、命の水の入った茶碗《ちゃわん》を投げ捨てられて耐えていられるとお思いですか？　わたくしが貧しいから、身分が低いから、不器量で小さいから、魂も心もないのだとお思いですか？　それは間違っています！　わたくしにもあなたと同じように魂があります、同じように心もあります！　もし神がわたくしにいくらかの美しさとありあまる富をお授けくださっていたら、あなたもわたくしのもとを去るのはお辛くなるでしょう、いまわたくしがあなたのもとを去るのが辛いように。わたくしはいま、慣習、しきたりというものを介してあなたにお話ししているのではありません、肉体を介してでもありません。わたくしの魂があなたの魂にじかに話しかけているのです。二人がお墓に入ったのち、神の御許《おんもと》に平等に立ったときのように。事実わたくしたちは平等です！」

ほら、名台詞でしょう？　このようにジェインを昂《たか》ぶらせた後、ロチェスターは愛を告白し、結婚を申し出、ジェインはそれを受け容れます。ここで起きているのは、友情関係だったものが恋愛関係へと変化した、ということのように、表面上は見えます。そしてある程度それは正しいと思います。

ですが問題は、この二人はこのまま結婚できるわけではないということです。確認した通り、この後の結婚式でロチェスターの重婚が明らかになり、一旦二人は破局を迎えます。

なぜ二人は結婚できないのでしょうか？

いや、今重婚が明らかになったからだと言ったじゃないか、とおっしゃるかもしれませんが、ここで言っているのはそうではなく、この小説のモラルもしくは原則が、この二人の結婚をまだ許していないのではないかという話です。

ではそのモラルとは何か。それは先ほどの名台詞でジェインが言ったとおりのことです。つまり、「わたくしたちは平等です！」という、この叫びです。おそらくこの段階で、この二人の「魂」は、まだ平等なものにはなっていないのでしょう。

この小説の感動的なところは、ジェインがこの「平等」への情熱的な希求を決して手放さず、友達関係であれ恋愛関係であれ、人間と人間の関係は平等が基礎になっていなければ無だと考えていることです。それは、最初のリード家での不公平の経験への激烈な反発にすでに見ることができます。

「不公平だ！——不公平だ！」と私の理性は、苦痛に満ちた激情に押し流され、たとえいっときにせよ年不相応な力を得てそう言った。そうやって奮い起こした決意が、この耐えがたい苦難から逃れるには、ある奇妙な手段をとれと唆した——ここから逃げ出すか、それがかなわないならば、飲まず食わずの断食をして死を待つか。

いかなる人間関係も公平・平等なものでなければならないというジェインの信念の根には、このような不公平の経験があったのです。この不公平はそのまま、ジェインが唾棄した悪い依存関係の基礎でもあります。

同級生のヘレンとの友情は、不公平・不平等に共に耐える連帯の関係でした。ヘレンとジェインは、ブロックルハースト校の教師たちの理不尽に共に怒ります。ジェインがブロックルハースト氏に嘘つき呼ばわりされ、椅子の上に立たされてさらし者にされた際にコーヒーとパンをこっそり差し入れするのはヘレンです。ヘレンとの関係は、ジェインにとっては平等性の上に成り立った人間関係の基礎だったのだと思います。

では、ジェインとロチェスターの二人が本当の意味で平等な存在となり、結婚するためには何が必要なのでしょうか?

平等な「魂」とジェインの復讐《ふくしゅう》劇

大変に申し訳ないのですが、その答えは非常に卑俗なものです。必要になるのは、お金なのです。ここまで盛り上げておいて申し訳ないのですが、そうなのです。

ソーンフィールド屋敷から出奔したジェインは、説明した通り偶然に牧師のシン・ジョンに保護され、妻となって共に宣教のためにインドに行ってほしいと請われます。シン・ジョンは、片方では神に身も心も捧《ささ》げるために宣教師である自分と結婚する必要があると言ってみたり、もういっぽうでは一九歳のジェインをインドに連れて行くにあたって、結婚していないとあらぬ疑いをかけられるから、と言ってみたり、じつのところ一貫していません（正直に言って、ジェインのことが好きで結婚したいのを宣教師としての使命で覆いかくしているようにしか聞こえません）。

それに対してジェインは、妹のような存在として行くのではだめなのか、と、完全に理にかなった主張をします。ところがシン・ジョンは結婚しないとだめだと言い張り、最後には、この申し出を拒絶することは自分を拒絶するのではなく神を拒絶することとなのだからな、などという恫喝《どうかつ》とも取れる捨て台詞を言います。ジェイン、こんなモラハラ男と結婚しなくてよかったね、と読者は思うようにできているわけです。

ここでもジェインの原則は、自己の自由とそれに基づいた（もしくはそのような自由を可能にする）関係の対等さ、平等でしょう。神とその代理であるシン・ジョンに身も心も捧げることはできない。ジェインにとっては、友達であろうが、兄姉であろうが、夫婦であろうが、根本的な存在の平等と自己の自由がなければ、人間同士は結びつくことはできないのです。

ちなみにここで、ジェインが前章のロビンソン・クルーソーとは違って、「神の秩序」に属するのを拒否していることは重要です。彼女はあくまで、近代的な個人同士の平等の話をしているのです。

では、肝心のロチェスター氏との平等はいかにして成立可能なのでしょうか？　というか、何が二人のあいだの不平等なのでしょうか？

それが、お金なのです。シン・ジョンの申し出を断る少し前、第三三章で、ジェインは二万ポンドという高額の遺産を継承したことが明らかになります。年収数百ポンドがあれば中流階級の体面が保てた当時にあって、これは大変な金額です。ちなみに、当時はすでに金融システムが確立しており、貴族や中産階級も投資して利子によって暮らしていました。ジェインの二万ポンドも「英国ファンド」に投資されていると代理人が言っていますので、ジェインは利子だけで悠々と暮らすことができる立場になったのです（最終的にジェインはこの遺産をいとこたちと分けあって五〇〇〇ポンドを手にします）。

それに対してロチェスターはどうなったでしょうか。ジェインはソーンフィールドに戻り、屋敷が廃墟《はいきょ》になっているのを発見して驚き、泊まった宿屋の主人に経緯を聞きます。屋敷はバーサの放火によって崩壊し、バーサを救おうとしたロチェスターはそれに巻きこまれて視力と片手を失ったというのです。

さて、ジェインはいよいよロチェスターと再会します。失われたと思ったジェインが戻って来てくれて感極まるロチェスター。しかし、ジェインが今や遺産を得て「自立した女」となったことを宣言するや、彼の表情は曇ります。そして、君はずっと私の看護師でいるわけにはいかない、誰かと結婚しないと、などとモゴモゴ言い始めます。

つまりここで、財産を失い、障害者となったロチェスターは彼自身がジェインと結婚するにあたって持っているべき優位性を失ったと思い込み、自分は彼女とは結婚できないと考えるのです。

ここから先がこの小説の見どころです。ロチェスターの考えに気づいたジェインは、ある種の「復讐」に取りかかるのです。復讐というのは、第二三章でロチェスターが、イングラム嬢についてジェインの嫉妬を煽《あお》って好きです結婚してくださいと言わせたあれを、そのままひっくり返してロチェスターにしかけるのです。

会話が、ジェインが去っていた間のことに及び、シン・ジョンの話題になると、気になって仕方がないロチェスターはさりげなく(いや、全然さりげなくなく)二人の関係を聞き出そうとします。ジェインはシン・ジョンの人格を褒め、彼が好きだと平然と言い、ロチェスターの嫉妬心をガンガンかきたてていきます。そしてついには、自分から「結婚してくれないか」と言わせるのです。

浅い依存と友情

さて、これは単に、恋愛によくある駆け引きでしょうか。先に告白をした方がなぜか立場が弱くなる、あれなのでしょうか?

部分的にはそうなのですが、ジェインがここで行っていることはもう少し複雑です。ここでジェインが行っているのは、ロチェスターの上を取ろうということではありません。そうではなく、男として、上を取っていないと結婚はできないというロチェスターの思い込みを破壊することを、ジェインは狙っているのです。

実際、ロチェスターはジェインに依存することを受け容れます。

「そしてわたしの弱さに耐えることもね、ジェイン。わたしに欠けているものを見ないふりをすることも〔耐えなければならない〕ね」

「そんなこと、なんでもありませんわ。ほんとうに自分があなたのお役に立てるいまのほうが、あなたをずっと愛しております。あなたがだれにもたよらぬ誇り高いひとであったときよりも、あたえる者、庇護《ひご》する者の役割のほかは蔑んでおられたときよりも、ずっと深く愛しております」

「いままでは助けてもらうのが――人に手を引かれるのがいやでならなかった。これからは、それがいやではなくなる。雇い人の手にわが手をあずけるのはいやだったが、ジェインの小さな指で握られるかと思うとうれしい。召使にしじゅう世話をやかれるよりは、まったく独りでいるほうがよかった。だがジェインの濃《こま》やかな世話を受けるのは尽きせぬ悦びだ。ジェインはわたしにふさわしい。だがわたしは君にふさわしいだろうか?」

「わたくしの性格のごく細いひとすじまで」

かくしてロチェスターは自らの弱さを認め、自分がジェインに依存することを認めます。そしてジェインは、ロチェスターが依存者になったがゆえに彼のことをより深く愛するようになるのです。

ちょっと待って、と思う人もいるかもしれません。夫が妻に依存する(身のまわりの世話や育児などを全部妻にやらせる）というのは、対等どころか、女性差別的な社会の話ではないか、と。結局、ソウルメイトを見つけることによる孤独の解消は、「結婚こそ女の幸せ」になってしまっていないか、と。

ここで起こっていることは、それとは少々違います。重要なのは、ジェインが財産とともに個人としての自由を獲得し、それゆえにこそロチェスターは自らの弱さを認めて彼女に依存できるようになる――そのような関係が成立していることです。リード家では「依存して友達がいない」状態だったジェインは、「独立して友達のいる」状態へと反転するのです。

さて、最後に私は、この二人の間に成立した関係を、恋愛関係ではなく、ある種の理想的な友人関係として見て、ジェインの孤独の解消は、シンデレラ・ストーリー的なソウルメイトの発見とはかなり違っていたはずだと主張したいと思います。

整理しましょう。ジェインとロチェスターが前半で結婚できなかったのは、二人の間にジェインが原理としている「平等」な関係がなかったからです。そしてそれは実のところ、精神的な問題であるよりは、階級の問題でした。後半においてジェインがお金持ちになり、ロチェスターが屋敷を失って、この不平等は解消します。ここで重要なのは、遺産によってジェインがお金持ちになるというだけではなく、自立した個人としての自由を得るということです。この先の章（第六章）でもう一度論じますが、ジェインは遺産によってソリチュードのための条件を得たとも言えます。

ですが、残る問題はロチェスターの心の問題です。彼が、ジェインの「平等」の理想を理解すること、これが最後に必要となります。ジェインはロチェスターに自分から結婚してくださいと言わせる「復讐」のプロセスで、この心の問題を解決します。ロチェスターは自分の弱さと依存性を認めることで、男性が優位に立たなければ結婚は成立しないという思い込みから自由になるのです。

この二人の間には「浅い依存関係」が成立していると、私は思います。いや、二人の結びつきは深いし、身体障害者とその介護者というのは「深い」依存関係ではないか、と言われるでしょうか？　そうではありません。ジェインは実は深い不均等な依存関係を絶対に認めないということを原則としています。ここで言う深い依存関係とは、シン・ジョンがジェインに期待したような、自己を滅却した奉仕による依存関係です。またさらに遡って、生存を完全にリード一家に握られ、虐待に耐えた依存状態を思い出してください。ジェインとロチェスターの結びつきはそのような依存関係ではないのです。それに対する浅い依存関係では、依存される人間だけでなく、依存する人間が自立的であること、もしくは少なくとも、自分の存在のすべてを明け渡す必要がないことが鍵となります。さらにはその依存関係はできるなら相互的なものであるのが理想です。それは、見返りを求めない、無条件の相互承認の関係です（実際、『ジェイン・エア』ではロチェスターは最終的に視力を回復し、ジェインに一方的に依存するわけではないことが示唆されます）。

もちろん、その自立を可能にしているのは『ジェイン・エア』では遺産という身も蓋もない、偶然的で空想的なものでした。現実には、自立を可能にするものが何なのかは難しい問題でしょう。また、依存が完全に相互的になるのは、世の中にはどうしようもなく依存度の高い人はいるのですから、難しいことです。

ですが、『ジェイン・エア』が物語っているのが、恋愛関係ではなく、理想的な友達関係、「浅い依存」としての友達関係だと考えてみれば、この小説は恋愛と結婚の物語

よりは広いものとして読めるでしょう。そして、そのように広いものとして読んだ場合、「ソウルメイトの発見による孤独の解消」という、この小説や同時代の他の物語が発明した孤独の解消方法は、現代のシンデレラ・ストーリーやロマンティック・ラブとはかなり異質なものであることが分かるでしょう。

ジェインの成長物語とは、リード家やローウッド校での、自立を奪われ孤独をもたらす「深い依存関係」から、最後のロチェスターとの「浅い依存関係」と相互承認への移行です。そしてこの、人間の物質的ならびに精神的な平等がある種のソリチュード（良い孤独）の条件であるのなら、ジェインは「ぼっち」（独立）のままで居場所（依存関係）を見つけるひとつの方法を示してくれたとは言えないでしょうか。

補論　「友達100人」は孤独を癒やしてくれるのか？

第三章は「浅い依存関係」をひとつの結論としましたが、それは「ソウルメイト」を見つけなければ人は孤独になるという思い込みを解きほぐしたいがための結論でもありました。

そのような結論から逆に出てきてしまいそうな誤解を解いておきたいと思います。つまり、浅い友人関係をできるだけたくさん作ればいいという誤解です。それはお勧めできません。SNSやメッセージアプリが生み出すような、浅くて広い人間関係だけを広げていくことは、現代における孤独の大きな原因になっています。

イギリスの新聞『ガーディアン』の二〇二三年五月二八日のある記事は、「かならずしも独りにならずとも、孤独《ロンリネス》は経験される――そしてもっとたくさんの友達を作ることが答えではない」と題されています。そこで紹介されるマリー氏（仮名）という男性は、平均以上の収入があり、妻と子供がいて、スポーツや子供のスポーツクラブ活動、仕事の上での社交イベントに活発に参加する人であるにもかかわらず、孤独の不安の発作になやまされて精神科医（記事の著者）にかかったといいます。

マリー氏はアイソレーションが原因でロンリネスを抱えているわけではない以上、さらに多くの友達を作ることは解決にはなりません。そこで著者たちがマリー氏に助言したのは、彼にとってほんとうに大切な人間関係を見つめ直してそれを深め、重要ではない人間関係を切っていくということでした。それによってマリー氏は回復に向かっていったそうです。

ソウルメイトがいないと孤独だという思い込みが窮屈であるのと同様に、たくさんの友達や人間関係が孤独を解決してくれるという思い込みも危険なものであるようです。表面だけを取り繕った浅い関係は手放して、数少ない大事な関係をしっかり見つめる、というのはとても大事なことだと、確かに感じます。

そのようなことを考えさせてくれる漫画に、とよ田みのるの『友達100人できるかな』があります。主人公は柏直行《かしわなおゆき》という三六歳の小学校教師。妻の出産を間近に控えています。そこに宇宙人がやってきて、彼らが地球を侵略しようとしていることを告げま

す。しかし、彼らの規約では他種族が住んでいる土地は侵攻できないことになっていま
す。「他種族」の定義とはコミュニケーションが発達し、「愛」を持つ存在であることで
あり、その査定調査の対象として直行が選ばれたと言うのです。

直行はその宇宙人（道明寺《どうみょうじ》さくらという女の子に扮《ふん》して彼を監視します）とともに、小学校三年生の時代へとタイムスリップします。そして、対象者とのおたがいの「愛」を測る「カウンター」というデバイスを身につけ、小学校卒業までに友達を一〇〇人つくるというミッションを課されます。失敗すれば人類滅亡です。直行はさまざまな障害を乗り越えて友達をつくっていきます。

「友達100人できるかな」というのはもちろん、「一年生になったら」という有名な童謡の歌詞です。また、この一〇〇人という数字については、有名な「ダンバー数」を考えてみてもいいでしょう。ダンバー数はイギリスの生物学者、人類学者のロビン・ダンバーが提唱したもので、人間が社会関係を持つにあたって「安定した関係を維持できる個体数の認知的上限」です。ダンバーはこれを平均約一五〇人と推定しました。

ですが気をつけなければならないのは、この定義に表れているように、これは「友

達」の数ではありません。そうではなく「知り合い」の数だと言った方がいいでしょう。これはちょっと考えれば分かると思いますが、「友達」だと思える人の数が一五〇人もいる人はまずいないのではないでしょうか（いたらすみません）。

従って結局は、『友達100人できるかな』のミッションは無理のあるものです。「カウンター」の基準では、「友達」になるためにはかなり深い情動的なつながりが必要なので、なおさらです。案の定、直行はミッションに失敗しそうになります。失敗しそうになったところで大きなどんでん返しがあるのですが、その部分は飛ばして、物語の結末に注目しておきましょう。

直行は、期限まで残り数分で、友達一〇〇人まで残り一人に迫ります。そこで、宇宙人たちのはからいで（なぜそんなはからいをしてくれるのかについては作品をどうぞ）、最後の一人として、宇宙船に保管されていた「試験場所に存在するはずだった1周目の直行」に引き合わされます。これはちょっと理解が難しいかもしれません。さきほど「タイムスリップ」と言いましたが、それは実際は、本来存在するはずだった直行と、小学生の姿に変更された三六歳の直行を入れ替えることであり、本来の小学生の直行は宇宙船に保管していた、ということだったのです。

それはともかく、直行は、小学生の直行と最後の友達になります。最後の友達は自分自身なのです。これはどういうことでしょうか。この補論の前半で触れた『ガーディアン』の記事がヒントを与えてくれます。この記事のマリー氏は、認知行動療法という療法を受けたそうです。その療法では、日頃自分の心の中で起きていることを自分でメモし、自分自身の心で起こっていることにしっかり向きあいます。そのことが最終的に、自分にとって大切な人間関係の選択へとつながるのです。

直行は、文字通りに自分自身と向きあうことで、本当に大事な他者との関係を見つめ直すというマリー氏がたどった道のりをたどっているのです。彼は最終的に、お産を控えた妻の元に戻っていって、彼女を本当の意味で大事にすることを学んだと気づきます。

では結局ソウルメイト的なつながりが重要ということになるのでしょうか？　そうではありません。ソウルメイトは本章で述べたとおり、異性愛を規範とする近代のロマンティック・ラブの基礎です。ここで言っている「少数の大事な関係」がそのような関係である必要はありません。

『友達100人できるかな』の結末のもう一つの場面は、それを物語っているようです。監視人でありつつ、共に苦難を乗り越える相棒でもあった宇宙人「道明寺さくら」と、いよいよお別れという場面で、さくらは直行をハグして「本当に／本当に／本当に本当に／愛しています」と言います。この「愛」は、さくらの見た目は女の子なので異性愛だと言うことも可能ではあるかもしれません。

しかしさくらは宇宙人です（ハグする際は「さくら」に変身しますが、その前後では久しぶりに元の宇宙人の姿に戻っています）。それは異性愛としてのソウルメイトとはかなり異質な「愛」ではないでしょうか。宇宙人という、根本的に他なるものとの愛が作品の中心の近くに置かれていることは重要でしょう。

さくらの別れの言葉は「アナタハ沢山ノ愛ヲ知リ／チョット優シクナレタハズデス／ソレラヲ大切ニシテクダサイ／友達ニ優シクシテ下サイ／宇宙人カラノオ願イデス」というものです。この物語では、「沢山の愛を知る」ことは、表層的な人間関係によってかえって孤独になることではなく、自分を見つめ直し、それによって自分の周りの他者との関係を見つめ直して、その人たちを大事にする方法を学ぶことなのです。

第四章

死別と孤独

——ヴィクトリア女王から『葬送のフリーレン』へ

喪服の女王

本章では孤独という重い主題の中でも最重量級のトピック、つまり「死別と孤独」というテーマを考えてみたいと思います。

読者のみなさんの中には、親しい人との死別などはまだ想像もできないという人もいるでしょうし、逆に、すでに経験した死別の鋭い痛みが体に残っているという人もいるかもしれません(この章はちょっと読むのが辛そうだと感じたら、どうぞ飛ばしてください)。

ですが、いずれにせよ避けられない厳しい現実として、それが孤独をもたらすかどうか、またどの程度の、どのような孤独をもたらすかは人と場合によりますが、誰もが死別を多かれ少なかれ経験するでしょう。

ここまで主にイギリス文学を扱ってきた本書ですが、イギリス史上の有名な死別といえば、ヴィクトリア女王の経験した死別です。ヴィクトリア女王の在位は一八三七年から一九〇一年ですので、前章で扱った『ジェイン・エア』(一八四七年)はヴィクトリア女王の治世のヴィクトリア朝期の小説でした。

ヴィクトリア女王は一八四〇年、サクス゠コバーグ゠ゴータ公子アルバートと結婚します。この結婚は、もちろん女王の結婚ですから、現代的で自由な個人の恋愛結婚というわけではありませんでした。しかし、幸運なことに（と言っていいのかは分かりませんが）、ヴィクトリアはアルバートを深く愛することになります。結婚初夜の後の日記はこんな調子です。

我が最愛なる愛しのアルバート……彼のあふれんばかりの愛情は、私はこれまで望むことすらかなわなかった、天にも昇るような愛と幸福感をもたらしてくれた！　彼は私を腕の中できつく抱きしめ、私たちは何度も何度もキスを交わした！　彼の美しさ、魅力、優しさ――このような夫に恵まれた私は、いくら感謝しても足りない！　……彼が私のことを、これまで一度も呼ばれたことのない、愛情のこもった名前で呼んでくれたのは――信じられないほどの無上の喜びだった！　ああ、我が人生で最も幸せな一日だった！（アルバーティ『私たちはいつから「孤独」になったのか』より引用）

なんとも情熱的ですね。この情熱は、一八歳という若さで即位したヴィクトリアが、それまでかなり厳しい母に支配されて不幸な子供時代を送っていたこととも関係します。境遇はまったく違いますが、ジェイン・エアを彷彿《ほうふつ》とさせますね。

ところがあろうことか、ヴィクトリアはこのように愛したアルバートを失ってしまいます。アルバート公は一八六一年に腸チフスで亡くなってしまうのです。

悲嘆にくれたヴィクトリア女王は、喪に服します。その期間、なんと約四〇年間。つまり女王が亡くなるまででした。喪服を着続け、公務もほとんど行わずに隠遁《いんとん》生活に入ります。そして、アルバート公がまだ生きているかのように、彼の着替えを用意させたり、彼の寝間着とともに就寝したりしたといいます。亡くなったヴィクトリア女王の埋葬時にはその寝間着と、アルバート公の手首を石膏《せっこう》でかたどったものが棺に収められました。女王は、詩人ラドヤード・キップリングの詩から「ウィンザーの寡婦」として知られることになります。

ナショナル・ポートレート・ギャラリーが依頼し、ベルタ・ミュラーが描いた肖像画は、女王の死の直前の一九〇〇年に完成したものです。アルバート の死から四〇年後にも喪服を着て、憂いのこもったまなざしの女王が描かれています（https://www.npg.org.uk/collections/search/portrait/mw06522/Queen-Victoria）。

ソウルメイトとの死別

ヴィクトリア女王は、なぜここまで過剰に喪の作業をしたのでしょうか。とりあえずの答えは、彼女がアルバート公との死別によって孤独＝ロンリネスの状態に陥ったということです。実際、ここで依拠しているアルバーティによれば、ヴィクトリア女王の日記で、「ロンリー」は六二回登場し、そのうち四六か所がアルバート公の死去後でした。「ロンリネス」にいたっては、二二か所中二一か所が寡婦になってからでした。ヴィクトリア女王は、「ソウルメイト」との死別を「ロンリネス」と結びつけて考え始めた最初の世代でした。

また、アルバーティは、時代をさかのぼって、トマス・ターナーという一八世紀の人物を紹介しています。彼は子供に死なれ、母に死なれ、最後には妻に先立たれた人物です。彼は確かにワンリネスの状態（純粋に独りである状態）にはあったけれども、それを「ロンリネス」という言葉では捉えず、また彼は自分が神と共にあると感じたことでロンリネスには陥らずに済んでいたとアルバーティは論じています。一八世紀にはまだ、死別の孤独を神が癒やしてくれていました。

第二章、第三章で述べたことと、この「ウィンザーの寡婦」を並べてみると、次のように整理できそうです。

近代（一八世紀以降）に生じ始めた「ロンリネス」としての孤独にはさまざまな対処法が講じられてきました。まず一つの対処法は、自分が神とともにある、神の秩序の中にあると感じることによってロンリネスを避けるというものです。今紹介したトマス・ターナーもそうでしたが、第二章のロビンソン・クルーソーもそうでした。

しかしロビンソンの場合は、単に神に頼るということではありませんでした。それでは、前近代に戻ることになってしまいます。それは、個人がしだいに神のもとから離れていった近代のプロセスから目をそらしてしまうことになるのです。そこでロビンソンは、彼の島を資源として資本主義的な生産を始めるための労働を、神に与えられた倫理とみなすことによって、その島でのサバイバルを、すなわち神の秩序に属することとみなし、それによってロンリネスを回避したのです。神の秩序（前近代）と資本主義の中での個人の努力（近代）のハイブリッドがロビンソン流でした。

続いてもう一つの対処方法は、「ソウルメイト」の発見によるものでした。つまり典型的には魂の伴侶としての結婚相手を見つけることです。前章の『ジェイン・エア』はまずはそのような図式にはまったもので、それは現代のいわゆる「ロマンティック・ラブ」の観念につながっていきます。その観念は、結婚こそ女の幸せである、そしてその結婚は男への従属を受け容《い》れることである、という息苦しい考え方にもつながっていきました。論じた通り、『ジェイン・エア』はすでにそういったものから逸脱していた部分があったのですが。

さて、そのようにふり返って見ると、ヴィクトリア女王がなぜあれだけ孤独に苦しんだのかが分かるような気がします。ヴィクトリア女王は、ソウルメイトもしくはロマンティック・ラブの発見によるロンリネスの解消にどっぷりとはまった人であり、それゆえにそのソウルメイトを失ってしまった時のロンリネスがひとしお強いものになったということでしょう。

ここでも、少なくともイギリスのようなキリスト教国であれば、ひとつの逃げ道はキリスト教になるはずです。つまり、最愛の人は死んでしまったけれども神のもとに召されたのであり、自分もいずれ一緒になれる……そう本気で信じられれば、ロンリネスを感じる必要はありません。

ここで、ヴィクトリア女王の内面の信仰心について証明するのはかなり難しいことです。もちろん彼女はキリスト教国（イングランドの国教はプロテスタントです）の女王ですから、公式にはちゃんと信仰心を見せていたでしょう。しかし、神のもとに召された人を一生をかけて弔い続ける、喪服を着続けるというのは、じつのところ、神を心の底からは信じていないということを物語ってしまってはいないでしょうか。これは、前章のジェイン・エアが、シン・ジョンとともに神に仕える仕事に身を投じるのではなく、個人としてロチェスターとの「対等」な結婚を選んだことを彷彿とさせます。

私はヴィクトリア女王を責めているわけではありません。むしろ、彼女が私たちと同じ近代人であることを確認しているのです。信仰なき時代の拠り所のひとつであるソウルメイト。それを失ったらどうするのかという問題は、私たちの多くも直面している、身近なロンリネスの問題ではないでしょうか。

共同体的な死、または記憶にとどめる方法

さて、では、一生喪服を着る以外には、死別の苦しみとロンリネスに耐え、その痛みを少しでもやわらげる方法は何があるでしょうか?

単純化すると、近代のソウルメイトとの死別が苦しいものになるのは、死そのものが個人化されてしまっているからです。逆に言えば、死がもっと共同体的なものになればその苦しみはやわらぎます。共同体的なものにする方法のひとつが、宗教でした。ですが、ここまで見てきた通り、宗教が頼りにならなくなったことが困難の始まりでした。

実際、アルバーティは、ヴィクトリア女王が、アルバートの死が共同体に共有されたものだと実感できた際には苦しみがやわらいだと述べています。

いまや主なきアルバート公の部屋を見ても、彼の不在を思い知らされるばかりだった。しかし、この深い悲しみを分かち合い、ともに悼んでくれる人びとがいるのを感じると、心が慰められた。言い換えれば、悲嘆の共同体《コミュニティ》のおかげで、少なくとも最初のうちは、独りきりで悲しみという孤独の淵《ふち》に陥らずにいられたのだ。「最愛のアルバートへの称賛や感謝が至るところで捧《ささ》げられている様子はとても印象的で、かれがどれほど深く愛され、あまねく評価されていたかを物語っている。私のことを知らない小さな村の貧しい人びとでさえ、まるで我がことのように、私のために涙を流しているのだ」。(『私たちはいつから「孤独」になったのか』より引用)

死を共同体で悼むということについて、このようにその共同体が「国」レベルにまでいたると、いろいろときな臭い部分も出てくるのは確かです(例えば戦争における死者の悼み方を考えればいいでしょう。これについては第六章で考えます)。ですがここでは問題をあくまでヴィクトリア個人の水準で考えてみます。

アルバートの死を共同体のものとして悼む。その方法のひとつは、記念碑を作ることでした。ヴィクトリア女王は、アルバート公の胸像を何度も手直しさせて完璧なものにしようとしたそうです。

これは非常に興味深いエピソードです。もちろん、単に最愛の人の似姿をできるだけ完璧なものにしたかったということもあったでしょう。ですが、こういった著名人の像というものは、その人を記憶に留《とど》め、その人の死を共同体で悼みつつ、その追悼の行為を中心に共同体の結束をさらに固めようとする行為です。アルバート公の胸像を完璧にしようとしたというのは、彼の死を共同体のものとして、死別のロンリネスに耐えようとしたとも取ることができるのです。

さて、像をこだわって作る人といえば、私の念頭に浮かぶのは、漫画作品の『葬送のフリーレン』に登場する勇者ヒンメルです（この場合は最愛の人ではなく自分のそれですが）。何を突然に、と思われるかもしれませんが、この漫画は死別とロンリネスという問題に対して現代的な解答を示してくれているかもしれません。

『葬送のフリーレン』と孤独を学ぶこと

『葬送のフリーレン』は山田鐘人《かねひと》原作・アベツカサ作画の漫画作品で、現在も連載は進行中のため、本書では既刊一三巻を対象に論じたいと思います。

この作品は、剣と魔法、魔物との戦いといったファンタジーものでありながら、勇者ヒンメル、僧侶ハイター、ドワーフ族の戦士アイゼン、エルフ族の魔法使いフリーレンのパーティが、一〇年間の冒険の末に魔王を討伐した「後」から物語が始まります。しかも、人間であるヒンメルとハイターの寿命が早々につきて死んでしまった後が物語の本体という異色の設定です。

人間よりはるかに長く生きるエルフ族であるフリーレンにとっては、一〇年間の冒険など一瞬の出来事でしかありませんし、人間のように、それを大切な記憶として捉えたりはしません。また彼女は、冒険が終わった後に魔法の収集に出かけ、かつての仲間たちに平気で五〇年も会わなかったりする、人間の感覚ではかなり薄情にも思える人物です。実際、ヒンメルの葬儀の際に、涙を流さないフリーレンを人びとは「薄情だね」と責めます。

ところがフリーレンは、「…だって私、この人の事何も知らないし…／たった10年一緒に旅しただけだし…」と言いながら、我知らず涙を流します。そしてヒンメルとの旅を思い出しながら「…人間の寿命は短いってわかっていたのに…／なんでもっと知ろうと思わなかったんだろう…」と嗚咽《おえつ》します（フリーレンは、この時以外は基本的に感情を表に出すことをしないので、この涙は突出しています）。

フリーレンはもう一度旅に出ますが、それは魔法収集だけではなく、「もっと人間を知」るための旅です。その二〇年後、フリーレンはハイターの弟子で、人間の女の子の魔法使いであるフェルンを弟子として旅に出ます。そしてハイターもまた死去します。

第七話で、フリーレンとフェルンは、かつての仲間のアイゼンを訪れます。アイゼンは伝説の大魔法使いフランメ（じつはフリーレンの師匠だったのですが）の手記に、死者と対話したという記録があると言って、一緒に手記を探すよう頼みます。アイゼンは、ヒンメルのことをもっと知りたかったというフリーレンのことを「可哀相《かわいそう》」だと思ってそのような提案をしたのです。

『葬送のフリーレン』1巻より（© 山田鐘人・アベツカサ／小学館）

発見された手記には、大陸のはるか北の果てに、「魂の眠る地《オレオール》」が存在し、フランメはそこでかつての戦友たちとそこで対話したと記されています。それはエンデという、今は魔王城のある場所です。フリーレンはエンデを目指して旅立つことになります。

この物語は、ファンタジーとして異色であるだけではなく、死別を描いた物語としても異色です。というのも、物語の始まりにおいて、フリーレンは何かを失ってはいるのですが、自分が一体何を失ったのかわからない状態にあり、それを探す旅に出かけるのですから。我知らず流れる涙がそれを表現しています。

つまり、フリーレンのなぜかこぼれてしまった涙は、死別がもたらしたロンリネスの表現かもしれないのですが、フリーレン自身はそれをそのようなものとして認識できていないのです。自分の中に喪失があることさえも意識できていない、そのような状態にフリーレンはあり、それが何なのかを探求する旅に彼女は出るのです。言い換えれば、孤独を学ぶ旅にフリーレンは出ます。

このように考えると、フリーレンは他のほとんどの登場人物よりも年上であるにもかかわらず、死とは何かを知らない子供のような存在であることになります。彼女は自分の持つほぼ永久の寿命のために、有限性を理解していません。人生には終わりがあり、現在のこの瞬間はかけがえのないものであるという感覚が、当初の彼女にはないのです。

それはすなわち、喪失を知らないということにもなります。そしてもちろん、喪失がもたらすはずの孤独も。それらを彼女は学んでいくのです。

では、有限性を、孤独を学んだ彼女はどうやってそれに対処するのでしょうか？　もちろん連載も半ばである現在、確かなことは言えません。ですがいくつかのヒントはこの作品にちりばめられています。

記憶・共同体・孤独

ヴィクトリア女王がなぜあのような孤独に悩まされたのかを思い出してみましょう。それはひと言で言えば、近代にはじまった個人化のせいでした。アルバート公との死別・喪失を、宗教や共同体のものにして処理することができず、あくまで個人の喪失として、個人で処理せねばならないために、彼女の孤独は深まったのです（ただしこれは何度も立ち返りますが、そのような個人化は悪いことばかりではありません。前近代的な共同体や宗教は個人の自由を奪うところもあったわけで、個人化はそこからの解放でもありました。この個人化と矛盾しない孤独の解消方法は――つまりまさに、ぼっちのままで居場所を見つける方法は――ないものでしょうか？　それについては次章以降で考えます）。

そして、ヴィクトリア女王がアルバート公の胸像の完成度にこだわったのは、彼の喪失を共同体のものにするための一つの方法でした。一般的にも、記念碑によって死者を記念するのは、純粋にその人物に対する敬意ということもありますが、むしろその人物の記憶とその人物の喪失を共同体で共有するためでもあるのです。

述べた通り、『葬送のフリーレン』にも彫像をこだわって作る人が出てきます。それは勇者ヒンメルです。ただしヒンメルの場合、ナルシスティックなキャラクター設定になっていて、表面上は、自分の美しさを表現できる彫像にこだわっているのですが。ただし、ヒンメルはある種の照れ隠し的な性格も持っており、本当はそこに違う動機があることを明らかにしています。その場面を見る前に、ヒンメルの彫像に関するエピソードを物語への登場順で見ましょう。

まずは第一巻の第三話「蒼月草」です。フリーレンは、多くの場合は役に立ちそうにもない魔法の書を報酬に、土地の人びとからさまざまな依頼を受けながら旅をしています。「蒼月草」では、ある老女がフリーレンとフェルンに、ヒンメルの銅像の清掃を依頼します。フリーレンの魔法できれいになった銅像に満足した老女は、「あとで花でも植えようかしら」と言います。フリーレンは、師匠のフランメ譲りの、花畑を出す魔法を使って、ヒンメルの故郷の花である蒼月草を咲かせたいと考えます。しかし、フリーレンは（かつてヒンメルには「いつか君に見せてあげたい」と言われていたのですが）その花を知りません。そしてその魔法では知らない花を出すことはできません。

そこでフリーレンは蒼月草を探すことにします。その時、「ヒンメル様のためですか？」と問うフェルンに、フリーレンは「いや、きっと自分のためだ」と答えます。そして、なんと半年もかけて（エルフの時間感覚ではたいした時間ではないのですが）蒼月草を探し出し、ヒンメル像のまわりに咲かせてみせるのです。

この時フリーレンが言う「自分のためだ」という言葉の十全な意味は、第一三話になって明らかになります。フリーレンたちは、ヒンメル一行がかつて魔族の支配から解放した町にたどり着きます。その町の広場にはヒンメル一行四人の像があり、その日は魔族からの解放を祝う解放祭で、像は花で飾られています。

フリーレンは、かつてヒンメルが五回もポーズを取り直して像を作らせたことを回想します。回想の中で、「ヒンメルってよく像作ってもらっているよね」と言うフリーレンに対して、ヒンメルは、「皆に覚えていて欲しいと思ってね。／僕達は君と違って長く生きるわけじゃないから」と言いますが、続けて次のようにも言います――「でも一番の理由は、／君が未来で一人ぼっちにならないようにするためかな」。

この回想の中では、フリーレンは「何それ？」と、ヒンメルの言うことの意味を理解できていません。それもそのはず、その時点でのフリーレンは、先に述べたように、人間の有限性、人間に寿命があることの本当の意味を、喪失の意味を知らないからです。

ですが、このエピソードは遡及的に蒼月草のエピソードでのフリーレンの台詞《せりふ》、つまり（蒼月草を探すのは）「きっと自分のためだ」という台詞に光を当てています。つまり、フリーレンはここで、「未来で一人ぼっちにならないように」というヒンメルの配慮の意味をようやく理解し、自分（＝未来の、一人ぼっちの自分）のために、改めてヒンメルに、いつか見せてくれると約束した蒼月花を捧げるのです。

ここでフリーレンは、人間の有限性、喪失の意味、そして孤独を学びつつ、それと同時に、ヒンメルの存在と喪失を共同体で共有するための像を思い出の花で飾り、その孤独を解消していると言えます。彼女の孤独の解消は、ヒンメルとの旅の記憶をかけがえのないものとして記憶しなおすこと、そして像という形でそれを他者と共有することで行われているのです。

有限感覚の希薄化と公認されない悲嘆

現代に生きる私たちにとって、死別という喪失はますます個人的なものになっています。それはおそらく、押しとどめることのできない潮流でしょう。葬儀はますます家族葬といった形で行われることが増え、多くの人が葬儀に集まって故人の記憶を共有するということはますます減ってきています。それだけが理由ではないとは思いますが、死別を経験した多くの人びとが、うまくその悲しみと折り合いをつけることができなくなっているようです。

死生学・悲嘆学者の坂口幸弘は、『死別の悲しみに向き合う――グリーフケアとは何か』で、悲嘆（グリーフ）の困難さの原因をいくつか指摘しています。それはフリーレン、そして私たちの多くが直面している困難であるように思われます。

その一つは「有限感覚の希薄化」です。かつて、例えば一九世紀までさかのぼると、死は現在よりも身近なものであり、日常的に起こりうるものでした。しかし、科学技術や医学の進歩などによって多くの病気は克服され、平均寿命はどんどん延びて、死は想像もできないほど先に訪れる、縁遠いものになってしまいました。

坂口は、精神科医の小此木《おこのぎ》啓吾《けいご》（『対象喪失』）を引用しつつ、それを現代における「有限感覚」の希薄化と、「全能感」の巨大化と表現しています。つまり、人間の生には限界が、終わりがあるという感覚が薄れていく反面、自分の生はすべて自分でコントロールできるという全能感が大きくなっていったのです。

それに対して死別は、人間の絶対的な有限性との直面です。有限感覚が希薄化した現代人は、そのような死別に、準備をして慣れることなくいきなり直面させられ、うまく対処できなくなっているというのです。

フリーレンは、長寿のエルフという意匠のもとに、まさにそのような現代人を表現していないでしょうか。先に私は、フリーレンは死を知らない子供のようだと述べましたが、それは訂正が必要かもしれません。現代人はみな、死を知らない子供のようになりつつあるのではないかと。

坂口はさらにもう一つ、興味深い指摘をしています。それは「公認されない悲嘆」が死別にうまく向き合えない原因となっているという指摘です（この表現自体は、全米ホスピス協会の顧問であるケネス・ドガが一九八九年に提唱したものだそうです）。この表現が指しているのは、「いわゆる〝遺族〟ではない、恋人や友人、同性愛のパートナー、以前の配偶者や恋人、病院や介護施設の同室者などであり、〝遺族〟と同等もしくはそれ以上に強い悲嘆を経験する可能性があるにもかかわらず、故人との関係性が周囲からは理解されず、十分なサポートが得られないかもしれない」ような人びとのことです。

この表現はつまり、ある人が亡くなった際に、「悲しむ資格のある人」の範囲――つまり悲嘆を共有できる共同体の範囲――が決まっており、かつ現代は狭まっていると言い換えてもいいでしょう。裏返しにして言い換えれば、「悲しむ資格のある人」の範囲が広がって、それが個人的なものではなく、より広い共同体に共有されたものになれば、そのような悲嘆の困難は解消されるということにならないでしょうか。

『葬送のフリーレン』におけるヒンメルの像をめぐるあれこれは、まさにそのことを語っていたように思われます。ヒンメルとの死別にうまく向き合えず、うまく悲嘆できていなかったフリーレン。彼女はヒンメルの死という事実をヒンメルの像を通じて他者と共有することによって初めて、うまく悲嘆することができるようになるのです。

ただし、これについては第六章でもう一度立ち返りますが、死を個人的なものから切り離して完全に公共化してしまうことも、深刻な問題を引き起こします。ヴィクトリア女王とフリーレンは、あくまで個人的なものである死を、死別の経験を、他者と共有することで乗り越える方法を追求したのです。死を個人的かつ公共的なものにすることによって、です。

有限感覚を学び、孤独を学ぶこと、そしておたがいの個人的な悲嘆を承認して共有し、それを公認のものにすること。フリーレンがたどる道のりは、現代を生きる私たちが死別と向き合い、孤独と向き合うための方法を教えてくれるのです。

第五章

田舎のソリチュードから都会のロンリネスへ

――森の生活と、ある探偵の孤独

ソリチュードの発見

第四章までは、ロンリネスの発見とそれへのさまざまな対処法の歴史をたどってきました。神の秩序と資本主義的労働の倫理を重ね合わせたロビンソン・クルーソー、対等なソウルメイトを発見したジェイン・エア、うまく喪失に対応できなかったけれども、死者の記憶を公共化することで孤独を癒やしたヴィクトリア女王とフリーレン。

ここまで取り上げてきた孤独解消法は、個人化や世俗化（脱宗教化）の進む近代にいかに抵抗するかという観点が強かったように思われます。失われつつある共同体的なものを、そのまま取り戻すことはできなくとも、その代替物を何らかの形で取り戻し、ロンリネスを解消しようということです。

本章からはそれとはまったく逆方向のロンリネス解消法を検討することになります。それは、第一章でエルサが向かおうとしていた道、つまりソリチュードの道です。共同体へと回帰し、場合によっては自分の自由とひきかえにして、その中での存在の承認を求めるのではなく、むしろ選んで孤独になることによって孤独を解消する方法たるソリチュードは、いかにして発見されたのでしょうか。

ここで登場願うのは、イギリスのロマン派を代表する詩人、ウィリアム・ワーズワース（一七七〇－一八五〇年）です。イギリスの湖水地方の自然をこよなく愛し、同じくロマン派の詩人サミュエル・テイラー・コールリッジとの共著で『叙情民謡集』（一七九八年）を出版しました。

ワーズワースの最も有名な詩の一つに、「水仙」（一八〇四年執筆、一八〇七年に『詩集』で出版）と呼ばれる詩があります。英語の原文も重要ですし、英語の詩をじっくり味わっていただきたいので、ここでは対訳で収録したいと思います。訳は私が独自にしましたが、平井正穂編『イギリス名詩選』（岩波文庫）も参考にしました。

The Daffodils

水仙

I wandered lonely as a cloud
That floats on high o'er vales and hills,
When all at once I saw a crowd,
A host of golden daffodils;
Beside the lake, beneath the trees,
Fluttering and dancing in the breeze.

私は一片の雲のように孤独に逍遥《しょうよう》した
谷や山を越えて高く流れる雲のように
そのとき私の目に飛びこんできたのは
黄金色の水仙の花の群れ
湖のほとり、木々の下に
そよ風にゆられ、踊っていた

Continuous as the stars that shine
And twinkle on the milky way,
They stretched in never-ending line
Along the margin of a bay:
Ten thousand saw I at a glance,
Tossing their heads in sprightly dance.

天の川で輝きまたたく星々のように
連なったそれらの水仙は
入り江を縁取って終わることなく広がっていた
私は一目で万の花を見た
陽気に踊って顔をはね上げる花を

The waves beside them danced; but they

Out-did the sparkling waves in glee:
A poet could not but be gay,
In such a jocund company:
I gazed — and gazed — but little thought
What wealth the show to me had brought:

そばでは波も踊っていたが
快活さで水仙におよぶものではなかった
かくも歓喜に溢《あふ》れた友人に迎えられたら
詩人たるもの、心を浮き立たせずにはいられない
私はその眺めをむさぼるように見つめたが、
その眺めがどのような富をもたらしたかは考えなかった

For oft, when on my couch I lie

In vacant or in pensive mood,
They flash upon that inward eye
Which is the bliss of solitude;
And then my heart with pleasure fills,
And dances with the daffodils.

というのもしばしば私が、空しく
物思いにふけって長椅子に横たわるとき
孤独の恩寵《おんちょう》たるあの心の中の眼に、
水仙の光景が鮮やかに蘇《よみがえ》るからだ
そんなとき私の心は喜びで満たされ
水仙たちと共に踊るのだ

湖水地方の湖のほとりをそぞろ歩きする詩人が、水仙の広がる風景に感動したことを歌った詩です。水仙、もしくは黄水仙は、冬から春先に咲く花で、イギリスでは春の訪れを告げる象徴的な花です。私も学生のころ、湖水地方の、まさにワーズワースが暮らしていたダヴ・コテッジを訪れた際に、湖畔に咲く黄水仙を見て、これが二〇〇年前にワーズワースの歌った風景か、と感動したものでした。

この詩には、第一章から論じてきた二つの孤独がみごとに書きこまれています。第一連の一行目はI wandered *lonely* as a cloud（私は一片の雲のように孤独に逍遥した）と始まります。詩人のロンリネスの原因は分かりませんが、ともかく彼は空を流れる雲のように孤独です。

最終連に飛んでいただくと、詩人の気分は相変わらず空しく（vacant）物思いにふけって（pensive）いるのですが、その気分は水仙の咲く風景を想起することで吹き飛び、彼の心は喜びに満たされます。それを可能にしてくれるのは、「孤独（solitude）の恩寵たるあの心の中の眼」です。

この詩には、ロンリネスからソリチュードへの移行がみごとに記されています。詩人を憂鬱にさせるロンリネスを解決してくれるのは、ソリチュードが可能にしてくれる

「心の中の眼」です。心の中の眼というのは、文学的で詩的な想像力とでも言うべきもので、そのような想像力は孤独＝ソリチュードこそが可能にしてくれるのです。

さらに言えば、詩人の物理的な孤立（アイソレーション）のあり方も重要です。それは、人里離れた湖水地方に隠遁《いんとん》するからこそ可能になっています。ここで、水仙の風景も含む自然は詩人に二つのものを与えています。ひとつは歓喜を与えてくれる源に、自然はなっています。同時に、その歓喜を内面でしっかりと味わえるための孤独（まずはワンリネスとしての孤独）を与えてくれるのもまた自然です。それらが合わさって、詩人のワンリネスはソリチュードへと昇華している、という言い方ができるでしょう。

森の生活がくれた孤独

大西洋を渡ったアメリカには、ワーズワースの発見した自然の中でのソリチュードを、かなり意識的に、極端に実践した人がいました。作家・思想家・詩人のヘンリー・デイヴィッド・ソロー（一八一七－六二年）です。

彼は約二年にわたって、マサチューセッツ州のウォールデン池のほとりに丸太小屋を建てて独りで自給自足生活を実践し、それを『ウォールデン——森の生活』（一八五四年）にまとめました。

これは、なんというか、うらやましいですね。全ての人との関わりも、煩わしい仕事も全部放り出して湖畔で暮らす。真似したいものです。

当然、そのような生活の実験を記録するにあたっては、「孤独」の問題が中心的に扱われることになります。実際、ソローは「孤独（Solitude）」と題した一章を設けてその問題を論じています。ここまでの流れでほぼ予想がつくとは思いますが、ソローにとってはロンリネスは問題ではありません。なにしろ自分から進んで独りになっているのですから。とはいえソローは、一瞬だけ（一時間くらいだそうです）自分の孤独はまずいのではないかという想念にとらわれます。

私は、さびしい（lonesome）と思ったことも、孤独感（solitude）にさいなまれたこともまったくなかった。ただ一度だけ森に住みはじめてから二、三週間たったころだった――おちついた健康な生活を営むには、やはり身近なところに人間がいなくてはならないのではないか、という疑いの念に、一時間ばかりとりつかれたことがある。ひとりでいるのが、なにか不愉快だった。しかし同時に、私は自分がいくらか狂気じみた気分になっていることを意識しており、まもなく回復することもわかっていたようだ。そんな気分に囚われているあいだ、雨がしとしとと降りつづいていたが、突然私は「自然」が――雨だれの音や、家のまわりのすべての音や光景が――とてもやさしい、情け深い交際仲間であることに気づき、たちまち筆舌につくしがたい無限の懐かしさがこみあげてきて、大気のように私を包み、人間が近くにいればなにかと好都合ではないかといった先ほどの考えはすっかり無意味となってしまい、それ以来、二度と私をわずらわせることはなかったのである。

『森の生活』(上)(岩波文庫)

ここではソリチュードという言葉が使われているものの、ソローが直面しかけたのは本書の区分で言えばロンリネスでしょう。それを乗り越える方法は、ワーズワースの「水仙」と同様に、自然です。

ですが、ソローはワーズワースよりさらに一歩先に進んでいるように見えます。ワーズワースは水仙の咲く風景を内面のよりどころとし、その風景の想念を味わうためのソリチュードを称賛したわけですが、ソローの場合は、自然が「交際仲間」であることを越えて、自然への感情が「大気のように」彼を包み込みます。自然と一体化することによって、ほとんど個の感覚がなくなり、したがって孤独も問題ではなくなる、他者に承認してもらうことも必要ではなくなる、そんな境地にソローはいます。そんな境地に至ると、物理的な距離（アイソレーション）もこのようにとらえられることになります。

ひとはよく、こんなことを私に言う。「ああいうところに住んでいると、さぞさびしいでしょうね。とくに雨や雪の降る日とか、夜などは、もっとひと里近くにいたくなるでしょう」。それに対して、私はこう答えたくなる。われわれが住んでいるこの地球にしても、宇宙のなかではほんの一点にすぎないのです。われわれの測量器具では正確に直径も測れないほど遠くにある星の上で、最大の距離をへだてて住んでいるふたりの住人のあいだには、どれほど大きなへだたりがあることでしょう？　私など、どうしてさびしいはずがあるものですか？

なんだか、すごいですね。この悟りの境地。広大な宇宙に比べれば地球なんて点にすぎないのだから、地球上での距離なんて無意味だと。独りであることなんか問題ではないと。彼にとっての自然との一体化というのは、こういう境地なのです。

しかし、どうなのでしょうか。二つの疑問が湧いてきます。ひとつは、ソローは最初からそのような境地に達していたのか、そうであるならわざわざ湖畔の丸太小屋に引きこもるなんて極端なことはしなくてもよかったのではないか、という疑問です。

もう一つは、まあ確かにソローの境地はすばらしいかもしれないが、学校だとか仕事だとかの日常生活を営まなければならない私たちには、とても真似のできるものではないのではないか、という疑問です。

この二つの疑問への手がかりになりそうなことを、ソローは述べています。

私は、大部分の時間をひとりですごすのが健康的だと思っている。相手がいくら立派でも、ひととつきあえばすぐに退屈するし、疲れてしまうものだ。私はひとりでいるのが好きだ。孤独ほどつきあいやすい友達には出会ったためしがない。われわれは自分の部屋にひき籠っているときよりも、そとでひとに立ちまじっているときのほうが、たいていはずっと孤独である。考えごとをしたり仕事をしたりするとき、ひとはどこにいようといつでもひとりである。孤独は、ある人間とその同胞とをへだてる距離などによっては測れない。ハーヴァード大学のにぎやかな寮の一室にいるほんとうに勤勉な学生は、砂漠の修道者とおなじように孤独である。農夫は一日じゅうひとりで畑や森にいて、耕したり木を伐ったりしているが、少しもさびしがったりはしない。（傍点は筆者）

強調した「われわれは自分の部屋にひき籠っているときよりも、そとでひとに立ちまじっているときのほうが、たいていはずっと孤独である」という一文が鍵です。どうも、ソローさんも孤独から完全に自由というわけではありません。森の小屋の中で自然と一体になっている時よりも、人の間にいる時の方がむしろ孤独なのです。

ちなみに後段でハーヴァード大学のにぎやかな寮にいる学生という例が出ていますが、これは（ソローはハーヴァード大学出身なので）自分のことでしょう。どうも、ソローは、人の間にいる時にむしろ感じる孤独から逃げるために森の生活をしたのではないかという疑念が浮かんできます。

都会のロンリネス

この、人の間にいるからこそ感じる孤独というのは、現代の私たちにはかなり身近な感覚ではないでしょうか。例えばインターネット空間を考えてみてください。私たちは現在、SNSで他の人たちと文字通りに常時接続しています。そのように常時接続するのは、それによって孤独が解消されるからでしょうか?

一面的にはそうでしょう。例えば日常生活で、面白い映画を観たとか、新しいレストランを発見したとか、風邪っぽくて体調がすぐれない時など、私たちはそれを誰かに伝えたいと望みます。そしてメッセージアプリで友人にそれを伝えたり、場合によっては公開型のSNSにそれを投稿したりするかもしれません。そのように経験を共有することは、孤独解消の一つの方法でしょう。逆に、経験を共有できないと孤独を感じてしまうかもしれない。

ですが、時々、そのように常時接続しているからこそ孤独感が募るということが生じます。私はそうなのですが、みなさんはいかがでしょうか？　そういうことがあるとして、それはなぜなのでしょうか？

今述べたばかりのことにヒントがありそうです。つまり、私たちは「経験を共有できないと孤独を感じる」かもしれないということです。SNSで常時接続をして経験を「シェア」する。ところが、これをやればやるほど、本当に自分の経験はシェア＝共有できているのかという疑念が育っていくのです。突き詰めると、他人がどのように感じているかは自分には分からない。だから、言葉や画像や動画でいくら伝えても、それが「共有」されたかどうかは分からない。

このような原因で生じる孤独は、インターネット以前にも存在しました。それは、今取り扱っている一九世紀あたりに、とりわけ都会の経験の中で誕生しました。

近代的な都会とはどのような場所でしょうか。それは人が集まって住む場所です。都会というのは、とにかく人が多い場所ですね。

ところが、都会の特徴は「匿名性」でもあります。ある程度以上の規模の都会で、例えば電車に乗っている時に、隣に知り合いが座っている可能性というのは基本的に考えないで暮らしているでしょう。通りを歩いている時もそうです。人はたくさんいますが、それはみんな匿名の（名前のない）他人です。また、ご近所づきあいも希薄になります。アパートやマンションでは隣にどんな人が住んでいるのかさえ知らなかったりします。第二章で触れた、「ゲゼルシャフト」とはそのような社会です。

この特性からまさに、ソローが感じていた「人の間にいるからこそ感じる孤独」が生じます。人はたくさんいる。たくさんいるのに、いや、たくさんいるからこそ、その人たちとは自分の経験が共有できないという事実が、人間は孤島であるという事実が、身に染みてくる。自分の存在の承認の手応えが得られない。都会の経験というのはそのような経験です。

　そのような経験を、ある意味で裏返して記録した作品に、アメリカの作家エドガー・アラン・ポーの「群集の人」という短編があります。エドガー・アラン・ポー（一八〇九－四九年）は、ホラー小説「アッシャー家の崩壊」（一九三九年）や、世界で初めての探偵小説と言われる「モルグ街の殺人」（一八四一年）などを書いた短編の名手です。「群集の人」は一八四〇年に発表された、かなり奇妙な短編小説です。名のない語り手は、病気からの回復の途上にあり、ある秋の夕暮れにロンドンのカフェに腰を下ろして雑踏を行く人びとを観察しています。さまざまな階級や職業などの属性を、彼は想像します。そのうちに、ある老人が彼に強烈な印象を与えます。老人の表情に奇妙に惹《ひ》きつけられた語り手は、「どんな奇怪な経歴があの胸のうちに書いてあるだろう！」と、その老人のことをもっと知りたいという欲望に囚われます。そして、雑踏の中でそのあとをつけていきます。

　老人はロンドンの市街を歩き続け、貧民窟などを彷徨《ほうこう》し、またロンドンの中心部に戻り、その追跡は次の日の夕刻まで（！）続きます。最後にしびれを切らした語り手は老

人の正面に立ちますが、老人は彼を気に留めずに立ち去ります。語り手は最後に、この老人は「凶悪な犯罪の象徴であり権化であるのだ。彼は独りでいることができない。彼は群集の人なのだ。後をつけて行っても無駄なことだろう。これ以上私は、彼についても、彼の行為についても、知ることはあるまいから」と述べます。

以上です。なんとも謎めいた短編小説ですね。ですが、ここまでの議論を前提にすれば、この短編の意味はかなり明確なのではないでしょうか。小説のエピグラフ（作品冒頭に置かれる引用文）には、フランスの著述家ラ・ブリュイエールの「独りでいることのできぬこの大きな不幸」という言葉が置かれていますが、それはまさに、都会という場所は、独りになることができないために、むしろ深い意味でロンリネスをもたらす場所だということです。森の生活を通してソリチュードを身につけたソローのようになれば、「独りでいる幸福」を味わえるでしょう。つまり、エピグラフと結論の「独りでいること」はソリチュードのことです。都会はそれが得られない場所なのです。

語り手は、匿名の都会で街行く人びとの人となりを探偵のように（ここ、重要ですので次の節で論じます）推測し、なぜかこの老人の相貌に強烈に惹きつけられます。彼はどうしてこんなにもこの老人に惹きつけられ、丸一日も後を追い続けるのでしょうか？逆説的にもそれは、その老人が読み取り不可能で、知ることが不可能だからにほかなりません。この老人が「群集の人」なのだという結論は、老人が匿名の都市の他人であるということです。どこまで行っても知ることができない孤島《ロンリー・アイランド》であるということです。その事実に直面した語り手はおそらく、自分自身もまたそのような孤島であることに気づき、ロンリネスに苛《さいな》まれるでしょう。いえ、もしかすると、そのような悟りに至ることで、自分のロンリネスの理由を説明することに成功し、少しでもロンリネスを解消できた可能性もあります。それがどちらであるかは分かりません。

ひとりぼっちのホームズ

先ほど、「群集の人」の語り手は探偵のようだと述べました。そしてエドガー・アラン・ポーは探偵小説の生みの親であることも述べました。それが示唆するのは、どうやら探偵小説というジャンルは、前節で述べたような都会の匿名性――ロンリネスをもたらす匿名性――を条件として生まれたのではないか、ということです。

探偵の行為とは、匿名で不可知の都会の他者を読み取って理解可能なものにすることです。それは、ロンリネスをもたらす原因となる「経験の共有の不可能性」を乗り越えようとする行為だとは言えないでしょうか。

そして、探偵小説といえばまずみなさんの念頭に浮かぶのは、シャーロック・ホームズのシリーズでしょう。言わずと知れた、アーサー・コナン・ドイル（一八五九－一九三〇年）の手になる不朽の名作です。

シャーロック・ホームズのシリーズは、数作品を除いて、ホームズの相棒であるアフガニスタン戦争帰りの元軍医、ジョン・H・ワトスンによる語りという形で書かれています。化学実験に没頭し、自分の頭脳を明晰《めいせき》にするためにアヘンやモルヒネを常習し、事件の捜査に無上の喜びを見いだす、一言で言えば「変人」と言っていいホームズの物語を、受容可能でこれほど人気の作品にしたのは、ワトスンという「常識人」の狂言回しの存在が大きかったでしょう。そしてこの組み合わせ、つまり常軌を逸した人物と常識人（読者・観客に近い人物）の組み合わせは「バディもの」の基本です。ホームズのシリーズは、「バディもの」の源流の一つでもあるのです。

　しかしそれにしても、ホームズの犯罪捜査は、「群集の人」の語り手のような欲望に駆り立てられたものだと言えるでしょうか？　つまり、匿名の都会の他者を知ってロンリネスを解消したいという欲望に？　表面上はあまりそう見えないかもしれません。そもそもシャーロック・ホームズという人物は、ロンリネスを感じるような常識的な人情からはちょっとかけ離れているようにも見えます。

　ところが、驚くなかれ、そんなホームズをして「私はひとりぼっちだった」と言わしめる出来事が起きます。

『シャーロック・ホームズ』
（創元推理文庫）

　先ほど述べたように、ホームズシリーズのほとんどはワトスンによって語られているのですが、例外の一つが、『シャーロック・ホームズの事件簿』に収録された「白面の兵士」という作品です。この作品は、ワトスンの作品は大衆迎合的だと批判するホームズが、ワトスンから「だったら、自分で書いてみろ！」と反撃され、書いてみた、というものです。書いてみると、結局ワトスンが正しく、読者に迎合して書かざるを得なかった、ついでに言うならワトスンはとても謙虚なので表には出さないが、大変な美質を持っている男で云々《うんぬん》……と、えらくデレデレとします。そして続くのが次の記述です。

備忘録を見ると、一九〇三年一月、ボーア戦争が終結してまもないころとあるが、私のところに、ジェームズ・M・ドッドなる人物の来訪があった。大柄で、潑剌《はつらつ》として、日焼けして、姿勢のよい、生っ粋の英国人である。この当時、わが善良なるワトスンは、私とはべつのところに細君と所帯を構えていた。彼が私を無視して自己中心的な行動をとったのは、後にも先にもこのときだけだ。要するに、私はひとりぼっちだったのである（I was alone)。

ワトスンは、『四人の署名』で、依頼人のメアリー・モースタンにプロポーズをして、ホームズと同居していたベーカー街二二一Ｂから出ていきます。ただし、これは諸説あるのですが、ワトスンはどうやらメアリーと死別し、一度ベーカー街に戻っています。ここで述べられている一九〇三年はその後なので、ワトスンが再婚したと考えないと説明のつかない記述になります。

それはともかく、ホームズという人物が、これほど率直に、自分が「ひとりぼっち」だったと言うなんて、信じられるでしょうか？　ここで、正直に言って本章の本筋からは逸《そ》れますが、ホームズはどうも「都会の孤独」とはまた違った孤独にさいなまれているようです。その原因は、ワトスンが「私を無視して自己中心的な行動をとった」こと、つまり結婚したことです。

どうやらホームズは、物語作者としてのワトスンだけでなく、共に活動するバディとしてのワトスンに、私たちが思う以上に依存しているようです。ロンドンという都会のさまざまな秘密＝経験を常人離れした推理力＝読解力でつかみ取るホームズ。彼は「群集の人」の語り手がなりたかった理想的人物のように見えます。ですが、彼が暴いてみせた秘密＝経験を人びとと共有するためには、彼にはワトスンという語り手、媒体が必要なのです。彼なしでは、ホームズはロンドンという都会の海の、存在を承認されない孤島のままだったでしょう。

ちなみにホームズですが、『シャーロック・ホームズ最後の挨拶』では、すでに引退して（四九歳で引退したそうです）、田舎に隠遁して養蜂と書物だけを相手に隠者生活をしているということです。引用した「白面の兵士」もそのような生活をしながら書かれたということになっています。

いや、ホームズ、結局ソローのような森の生活に落ち着いているじゃないですか。ワトスンという伴侶を失った彼は、ワーズワースやソローのように、自然と一体化した田舎の生活にロンリネスの解消を求めたのでしょうか？「白面の兵士」でホームズは、「私はひとりぼっちだった」と過去形で書きましたが、書いている時の彼は孤独ではなかったのでしょうか？

ホームズの心のうちは、群衆の人たちの内面を知ることができないのと同じように、知り得ないものです。想像をするしかない。ホームズの心の真実はこのままそっとしておいて、次章では、ソリチュードとしての孤独を希求しつつ、しかしそのように他者の内面を想像し、他者とつながることを求めたある作家を論じたいと思います。

第六章

自分ひとりの部屋と向かいのおばあさんの部屋

——ヴァージニア・ウルフの場合

『自分ひとりの部屋』とソリチュードを得る条件

前章では、田舎で自然と一体となることでソリチュードを見いだしたロマン派の詩人たち、そしてそのコインの裏面のように、都会の雑踏の中でロンリネスにとらわれ、他者を読むことでそれを解消しようとした探偵たちを紹介しました。

本章ではさらに時代を二〇世紀（一九二〇年代）まで進めて、都会の中にもっと積極的にソリチュードを見つけだそうとした作家を紹介したいと思います。その名はヴァージニア・ウルフ（一八八二―一九四一年）。イギリス文学史では「モダニズム」と呼ばれる文学の潮流の代表的な作家とされる人です。代表作に『ダロウェイ夫人』（一九二五年）、『灯台へ』（一九二七年）、『オーランドー』（一九二八年）、『波』（一九三一年）などがあります。

ウルフは、モダニズム作家であると同時に、フェミニズム的な作家としても評価されてきました。そんなウルフのフェミニストとしての代表作は、講演録の『自分ひとりの部屋』（一九二九年）です。

ウルフは、「女性と小説《フィクション》」というお題で講演をするよう依頼をされたというところから『自分ひとりの部屋』の語りを始めます。そしてシェイクスピアの時代から現代までを概観しつつ、なぜ女性が男性と同じように作家になれないできたのかを検討していきます。とはいえそこはさすが作家で、ウルフは事実だけを論じるのではなく、シェイクスピアの妹（もちろんフィクション）や、メアリー・カーマイケルという架空の作家やその作品を登場させながら論じていきます。

『自分ひとりの部屋』
（平凡社ライブラリー）

そして、女性が作家になるためのウルフの結論はなんと、「年収五百ポンドと自分ひとりの部屋」というものでした。年収五百ポンドというのは、中流階級の暮らしを問題なくできる金額です。なんとも物質的で、にべもない結論に聞こえるかもしれませんが、これは案外に説得的です。

ジェイン・オースティンやエミリー・ブロンテ、シャーロット・ブロンテにジョージ・エリオット（メアリー・アン・エヴァンズの筆名）など、女性作家たちはなぜ詩や劇ではなく小説を書いたのだろうという疑問に、ウルフは次のような答えを提示します――

中流階級に生まれたことと何か関係があるのだろうか？――とわたしは思いました。もう少々時代が下ってからエミリー・デイヴィスが実に鮮やかに述べているように、十九世紀初頭の中流階級の家庭には居室が一つしかなかったのですが、その事実と関係があるのでしょうか？　女性がものを書くとなれば、みんないっしょの居室で執筆するしかありませんでした。それにナイティンゲールが切々と訴えているように、「女性には三十分も……自分の時間と呼べるものがなく」、いつも中断が入ったのでした。それでも、散文や小説の執筆は、詩や劇の執筆に比べれば容易だったことでしょう。集中力をそれほど必要としませんから。ジェイン・オースティンは生涯そんなふうに執筆を続けました。

自分ひとりの部屋も、それが与えてくれる時間もない女性作家たちにとっては、切れ端の時間で書ける小説がもっとも容易だったというわけです。女性たちには、例えばワーズワースやソローには与えられていた（彼らの場合は部屋ではなく自然ですが）、創造のためのソリチュードが与えられてきませんでした。「自分ひとりの部屋」は、そのようなソリチュードを与えてくれるものなのです。

これはもちろん、単に物質的に部屋が与えられるというだけの問題ではありません。女性が個室を持てるようになるためには、広い社会関係そのものが変化しなければならなかったのです。ここで私たちは、第一章で論じた『アナ雪』のエルサの孤独を思い出してもいいでしょう。彼女は雪山に壮大な氷の城という「自分ひとりの部屋」を作ってソリチュードを見つけようとしたと考えられます。ですが、彼女の「社会」は、彼女が氷の城に閉じこもることを許しませんでした。

では、五百ポンドについてはどうでしょうか。このお金は、女性に全般的な自由を与えてくれるものでしょう。たとえひとりでも困らずに生活できるためのお金です。

ですが、孤独という問題に注目すると、どうやらこの後見るように、このお金は孤独になるためというよりは、むしろ外に出てさまざまな社会的経験を可能にしてくれるお金のようです。そして、結論を先取りすると、そのような社会経験は真のソリチュードを得るために必要なものでした。

五百ポンドが可能にする社会的経験

ウルフは『私ひとりの部屋』で、本書第三章で扱ったブロンテの『ジェイン・エア』を論じています。ジェインはソーンフィールド屋敷の屋根に登って遠く荒野を見わたす習慣がありました。ウルフが引用した場面をそのまま引用すると――

あの地平線を越えていく視力があったらいいのに。喧騒《けんそう》に満ちた世界やいくつもの街や、話に聞いたことはあっても見たことはない、活気溢《あふ》れるたくさんの地域が見えたらいいのに。それに、いままで蓄えてきたのより、もっと数多くの実地体験を積みたい。わたしと同じようなひとたちともっと話がしたいし、ここでわたしが顔を合わせることのできるひとたち以外に、もっといろいろなひとたちと知り合いたい……。

　だれがわたしを責めるだろう？　たぶん大勢のひとが、おまえは不満屋だと言うだろう。でも、わたしにはどうしようもないのだ。じっとしていられないのがわたしの性分で、わたしは苦しいくらいの気持ちになることもある……。


　このようにジェインは、自分の狭い世界を飛び出してより広い世界を経験したいと熱望します。ところが、ウルフはここに「ぎこちない中断」を見いだします。そして、この作家（ブロンテ）は、「冷静に書くべきときに憤怒に駆られ」「賢明な書き方をすべきときに愚かな書き方をし」「登場人物について書くべきときに自分のことを書く」と批判めいたことを書きます。シャーロット・ブロンテは「ストーリーに全力を尽くすべきときに、〔しかるべき経験が自分には与えられなかったことに対する〕個人的な腹立ちに気を取られて」いたと。

　このウルフの診断は、批判も受けてきました。ここに表明されているジェインの（シャーロットの？）自由への渇望とそれが与えられないことへの怒りは、確かにフェミニズム的なものであるのに、ウルフはそれが作品をダメにしていると言いたいのか、という批判です。
ですが、ウルフがここで言おうとしていたのは、女性に加えられていた制限・限界を、ブロンテが見事に体現していた（それを肯定するためではなく）、ということではないでしょうか。ジェイン／シャーロットが、自由に社会の経験ができて、このような憤懣《ふんまん》を表明しなくても済むような社会が必要だし、そのような社会でこそ女性は真に作家になれるということでしょう。そして、そのような社会を生み出すもの（もしくはそのような社会であれば女性が得られるもの）、それが年収五百ポンドです（ここでは五百ポンドではなく三百ポンドですが）。

シャーロット・ブロンテに、たとえば年収三百ポンドがあったらどうなっていたか、ここでわたしは少し考えてみたくなりました。彼女は愚かにも、作品すべての著作権を千五百ポンドで何の条件もつけずに売り払ってしまったのでしたが、年収三百ポンドあったとしたら、きっと彼女は〈喧騒に満ちた世界〉と〈いくつもの街〉と

〈活気溢《あふ》れるたくさんの地域〉について、もっと知識を得たでしょう。〈実地体験〉と〈わたしと同じようなひとたち〉との会話と〈いろいろなひとたち〉との親交を手に入れたことでしょう。これらの言葉によって、小説家としての自分の短所だけではなく、当時の女性一般の短所を、彼女はズバリ指摘しています。シャーロット・ブロンテは他のだれよりも理解していたのでした――もし遠くの荒野をひとりで見ているだけでなく、経験と会話と親交が許されていたのなら、どれだけそれらが自分の才能のためになったかということを。

というわけで、ウルフは女性が作家になるためには〈自分ひとりの部屋が可能にする〉ソリチュード、もしくは少なくともワンリネスと、〈五百ポンドが可能にする〉社会的な親交や経験の両方が必要になると考えているのです。引きこもる自由と社会に出る自由、この二つの自由が必要だと考えたわけです。閉じることと開かれることが同時に必要だと。ジェインに莫大《ばくだい》な遺産を与えたブロンテも、おそらく同じ願いを抱いていたのでしょう。同じ自由をジェインに与えたかったのでしょう。

そのような自由が獲得されるために必要だとウルフが考えた時間は「一世紀」です。ウルフは、彼女が想像した、歴史に名を残さなかったシェイクスピアの妹が、あと一世紀あれば作家になれるだろうとこの本を結んでいます。

わたしは信じています。もしわたしたちがあと一世紀ほど生きたなら――わたしは個々人の小さな別々の生のことではなく、本当の生、共通の生について語っています。あと一世紀ほど生きて、もし各々が年収五百ポンドと自分ひとりの部屋を持ったなら――。もし自由を習慣とし、考えをそのまま書き表す勇気を持つことができたなら――。もし共通の居室からしばし逃げ出して、人間をつねに他人との関係においてではなく〈現実〉との関連において眺め、空や木々それじたいをも眺めることができたなら――。……そうすればチャンスは到来し、シェイクスピアの妹であった死せる詩人はいままで何度も捨ててきた肉体をまとうでしょう。兄ウィリアムがすでにそうしているように、知られざる先輩たちの生から自分の生を引き出して、蘇《よみがえ》るでしょう。

『自分ひとりの部屋』の出版は一九二九年。もうすぐで一世紀です。社会は、ウルフが幻視したように変わったでしょうか?

都市遊歩者の自由と孤独

ウルフの代表作『ダロウェイ夫人』はまさに、ソリチュードと社会経験の両方を探究する小説として読むことができます。また同時に、前章の後半で論じた、都会がもたらすロンリネスをいかに解消するかという問題を探究する小説でもあります。

舞台は一九二三年六月のロンドン。国会議員リチャード・ダロウェイの妻クラリッサ・ダロウェイは、その日の晩に自宅で開催するパーティの準備に忙しくしています。その一日は、過去の記憶だけではなく、さまざまな人物たちがまるで亡霊のように彼女の前に現れる一日です。例えば青春の日に、クラリッサと激しく恋をしたけれどもそれに破れてインドに行ってしまっていたピーター・ウォルシュ。クラリッサと恋に落ちていたけれども農場主と結婚してしまった女性のサリー・シートン。

その一方で、クラリッサとは最後まで直接に出会うことのない登場人物がいます。セプティマス・スミスという第一次世界大戦帰りの若者です。彼は、戦友エヴァンズが眼の前で戦死したことから「シェル・ショック」（「爆弾ショック」ということで、今で言う心的外傷後ストレス障害［PTSD］）を罹患《りかん》し、幻聴などに苦しんでいます。彼は権威主義的な精神科医ブラドショーによって、妻のレイツィアとひきはなして施設に入れると迫られ、窓から飛び降りて自殺してしまいます。

夜のパーティ。総理大臣の登場によって成功しつつあったように見えたパーティでは、ブラドショー医師がセプティマスの自殺について話題にし、クラリッサは大きなショックを受けます。クラリッサは独り自宅の窓辺に向かい、会ったこともない青年の自殺の経験を追体験し、自らも自宅の窓辺に向かいます。ところがそこで、通りを隔てた向かいの部屋の老女と目が合い、クラリッサはその危機を脱して、ピーターやサリーといった昔の友人たちの待つパーティ会場へと戻っていきます。

以上です。これは、みなさんが「小説」と言われて想定するものからはちょっと離れているかもしれません。実際、ウルフは「モダニズム文学」に属すると紹介しましたが、モダニズム文学はそれまでのリアリズム文学でよく見られた「事件の客観的な語り」を否定して、人間の心の中で起こっているけれども表には表れない波瀾万丈《はらんばんじょう》を描こうとした文学なのです。

そのモダニズム文学らしさは、冒頭の場面から発揮されます。『ダロウェイ夫人』は「お花は私が買ってくるわ」というクラリッサの台詞《せりふ》で始まり、冒頭では彼女が花を買うためにロンドンの通りを歩く場面が展開されます。ロンドンを歩く最初の場面だけで、文庫版で四〇ページ以上になります。

『ダロウェイ夫人』
（集英社文庫）

クラリッサにとってのロンドンは、前章の「群集の人」の語り手にとってのロンドンとは正反対と言っていいかもしれません。クラリッサはヒュー・ウィットブレッドという知り合いに出会って「どちらまでお出かけ？」と聞かれ、それに対して「わたしはロンドンを散歩するのが好きなのよ／ほんとうに田舎を散歩するより楽しいわ」と答えます。

ヒューの質問に対する答えになっていないことはさておいて、この台詞は前章の議論を思い出していただくと非常に興味深いでしょう。前章では田舎でソリチュードを獲得してロンリネスを克服したワーズワースやソロー、それに対して都会の未知の群衆の中でロンリネスを感じ、群衆を読み解くことでそれを解消しようとした「群集の人」の語り手やシャーロック・ホームズが登場しました。そこでは、田舎はソリチュードを得てロンリネスの苦しみが解消される場所、そして都会は群衆の中で（群衆の中にいるからこそ）個人が孤島であることが痛感されてロンリネスが募る場所、という対立図式がありました。

田舎を歩くより都会を歩く方が好きだと言うクラリッサは、軽やかにこの図式を乗り越えるように見えます。しかしそれは単に彼女がロンドンが「好き」だからというそれだけなのでしょうか？　前章で見たような都会のロンリネスを、クラリッサ／ウルフはどうやって乗り越えているのでしょうか？

ひとつには、実はクラリッサのような、都市を歩くことを愛する感情というものは、ウルフのオリジナルではなく、一九世紀以来ある種の文学的伝統になっていた、ということがあります。「フラヌール（flâneur）」というフランス語の言葉があります。訳せば「遊歩者」です。実は前章の「群集の人」はこのフラヌール文学の嚆矢《こうし》とされていますし、フランスの文学者シャルル・ボードレールは「現代生活の画家」という一八六三年のエッセイで、「群集の人」を論じつつ、都会を歩くことの美学を論じました。ホームズのような探偵も、ある種のフラヌールでしょう。

そして、このフラヌールの原型は、ワーズワースのような田舎を散策しながらソリチュードを見いだした人びとでした（これについてはヴィンセント『孤独の歴史』を参照）。フラヌールとは、かつては自然の中での散策に見いだされたソリチュードを、都会での遊歩のうちに見いだそうとした人びとだったのです。

ですが、フラヌールの基本形は男性です。それは、一九世紀までは公共空間が男性のものであり、女性が一人で都市を歩くことが適切とみなされず、実際に危険であったりしたためです（現在の日本も、女性専用車両の必要性などを考えれば、公共空間が男性のものであることを完全に止めてはいないですが。都市空間と女性については、レスリー・カーン

『フェミニスト・シティ』を参照)。

それに対して、クラリッサという女性をフラヌールとして描いてみせたことが新しかったのです。フェミニズム文学批評はフラヌーズ(flâneuse)という女性形を使って、そのような新たな女性都市遊歩者の文学を評価しました。

これはまさに、年収五百ポンドによって得られた社会に出る自由の象徴でしょう。

都会と意識の流れ

そのような、女性に新たに与えられた自由の感覚が、都会の孤独を乗り越えているという説明が可能ではあります。ですが、『ダロウェイ夫人』という作品はもう少し、人間一般の孤独を、「部屋」と「都市／街路」という対立の中で考察している部分があります。しかもそれは、ウルフの文学形式に深く関わります。彼女のモダニズム文学はよく「意識の流れ」という手法によって特徴づけられます。意識の流れとは、登場人物の頭の中で起こっていること(意識の流れ)が、小説の地の文でどんどん記述されるような手法です。しかも描かれるのはクラリッサの意識だけではありません。例えばこんな感じです。

彼女は歩道の縁石のうえで少し身を固くして、ダートナル運送のヴァンが通りすぎるのを待った。魅力的な女性だ、とスクロープ・パーヴィスは思った……。彼女にはどことなく鳥に似たところがある、青緑色の軽やかで活発なカケスのようなところが。五十歳を過ぎ、病気の後めっきり白いものが増えてはいるが。こちらには目もくれず、道を横切ろうと、とまり木にとまっている鳥みたいにまっすぐ立っている。

ウェストミンスターに――もう何年になるかしら？――そう、二十年以上も住んでいると、往来のただなかにいても、夜中にめざめたときにも、ビッグ・ベンが鳴るまえには独特の静けさや厳粛さ、なんとも言えない小休止、不安《サスペンス》を感じるようになる……。

一文目の「彼女は……」はおそらく、誰の意識でもない、匿名的な語り手の言葉です。「魅力的な女性だ」以降の、クラリッサを鳥のようだと考える文章は、スクロープ・パーヴィスという人物（後にも先にもここでしか登場しません）の意識の流れ。これは「思った」という伝達動詞があるのでそれと分かります。

ところが、次の段落の「ウェストミンスターに」以降は、何の断りもなくクラリッサの意識の流れに入っています。日本語訳では「なるかしら？」という女性言葉に翻訳されているので判断しやすいのですが、原文だと判断はもっと難しく、読んでいるとそれぞれの文章が語り手の地の文なのか、誰かの意識の流れなのか、だとすればそれは誰なのか、場合によっては曖昧な場合さえあります。

このような手法で起きていることは何かと言えば、小説の語りの視点が自由闊達《じゆうかったつ》に登場人物の脳内に入っては出ていき、また別の人物の脳内に入っていくということです。この時、語りの視点はあたかも、この上なく優秀な探偵の視点になっていると言ってもいいでしょう。その視点は、孤島であるはずの都会の群衆の意識の中を神のようにすべて知ることができるのですから。

このように、ウルフの意識の流れの手法は、「群集の人」の語り手があそこまで執拗《しつよう》なストーキングをして希求したもの、つまり都会の他人の内面を知ることを、いとも簡単になしとげているのです（ストーキングといえば、『ダロウェイ夫人』では、ピーター・ウォルシュが街で見知らぬ女性をストーキングする奇妙な場面があってびっくりしますが、それは文脈のないものではないのです）。

トンネル掘りと共感の限界

都会を歩く行為を、ロンリネスの経験ではなく楽しい経験にしてくれる可能性があるのは、そのような、人びとの内面を知ることができる語り手の存在です。このような語り手の視点があれば、都会はもはや「未知の他人たち」の空間ではなくなります。ウルフは、この作品を書いている最中の日記で、次のような記述をしています。

「時間」（『ダロウェイ夫人』の仮題）と私の発見について多くの語るべきことがあ

る。私の人物たちの背後にどのように美しい洞窟を掘っているか、ということ。……私のアイデアとは、それらの洞窟をつながらせて、その一つ一つが現在の瞬間にあかるみに出てくる、というしくみなのだ。（一九二三年八月三〇日の日記）

意識の流れの手法は、まさにこのアイデアを実現するためのものでした。意識の流れを用いることで登場人物の背後に洞窟を掘る。そして重要なのはそれらがつながって現在の瞬間に現れるという点です。そのようにして、孤島であるはずの人間同士のあいだにつながりを、共感の共同体を生み出そうというのがこの小説の目的であったなら、それは前章で見たような都会のロンリネス解消の試みだったと言うことができます。

さらに一般的に、物語（小説）そのものが、経験を共有することによる孤独の解消の試みかもしれないということがここには見えてきます。

ところが、この試みもそれほど理想的には成功しません。というのも、都会の人びとは、共感したつもりで実はやはり孤島かもしれないと感じさせるエピソードが、冒頭のロンドンの場面には挿入されるからです。

それは、空に煙で広告宣伝の文字を書く飛行機です。この時代にはすでに飛行機がそのように利用されていて、第一次世界大戦で兵器として発達した飛行機のイメージとは対照的に、平和を感じさせるものになっています。その飛行機と文字は、ロンドンの街のさまざまな人たちの視線と注目の的になります。飛行機と文字は、街の人びとのまなざしが集まる焦点となり、人びとはそこに共通の意味を読み取ります。飛行機は人びとの共通の経験の焦点になるという意味で「共感の共同体」を生み出しているように見えます。それは、大戦の傷跡が残りつつも癒えつつある、ロンドンの平和を共有する共同体です。

「グラクソー」とミセス・コウツは、空をまっすぐ見あげながら緊張した畏敬の念にみちた声で言った。白い布に包まれて、彼女の腕にしっかりと抱かれている赤ん坊も、まっすぐ頭上を凝視していた。

「クリーモー」とミセス・ブレッチリーは、夢遊病者のようにつぶやいた。手にもった帽子を微動だにせず高く掲げたまま、ミスター・ボウリーもまっすぐ頭上を凝視した。ザ・マルにいるひとすべてが立ったまま空を見つめていた。人びとが見つめるうちに、あたりが静まりかえった。ひと群れのかもめが、一羽また一羽と空を横切ってゆく。この異様な静寂と平安のなか、この淡青色のなか、この清澄さのなか、鐘が十一回鳴り、その音は上空のかもめのあいだに消えていった。

ところが、です。冒頭のロンドンの場面の最後に、花を買って帰宅したクラリッサは、あろうことか女中のルーシーにこんなことを言うのです。

「みんななにを見ているの?」

そう、ひとりクラリッサは、飛行機と文字を見ていないのです。飛行機が実現したかもしれない共感の共同体に、入っていないのです。それは、前節で見たようなこの小説の語り手の視点を、クラリッサが共有できていないことを象徴しているのかもしれません。都会の孤独を癒してくれる共感の物語に参入できていないのです。できていない、というよりはおそらく、クラリッサにとっては飛行機が生み出す共感の共同体は十分なものではなかったということかもしれません。そのあたりの事情を、もう少し考えてみましょう。

つながる部屋

飛行機が生み出す共感の共同体に参入できていないのはクラリッサだけではありません。復員兵のセプティマスも、飛行機を見てはいますが、文字を読むことができません。なにやら「美」だけは受け取りますが。

ああやってと、セプティマスは空を見あげながら思った、彼らはぼくに合図を送っているのだ。現実の言葉でじゃない。だからぼくにはその言葉がまだ読めない。だけどこの美しさ、この妙なる美、それは十分に明白だ。煙の文字が薄れ、空に溶けてゆくのをながめるうちに、彼の目には涙があふれてきた。

セプティマスは、「彼ら」という謎の超越的存在を信じていることはともかくとして、美を感じているんだからいいじゃないの、と言われるかもしれませんが、ほかの人たちには空の文字が読めるのに対して彼は文字が読めないというのは重大です。共感の共同体は言語を媒介とする経験の共有によって成立するのですが（小説は言語でできています）、セプティマスはそこに参入できていないのです。この涙は、危険です。

種明かしをすると、ウルフはもともとクラリッサに自殺をさせようとしていました。しかし執筆を進める間にこのセプティマスという人物を生み出し、彼に自殺させることにしました。セプティマスはクラリッサの代理で自殺するのです。そして二人は、ロンドンの街路に生じたと想定される共感の共同体に参入できていないという点を共有していました。

セプティマスは大戦のトラウマという「経験」を、結局は誰とも共有することができず、それがもたらす孤独のために自らの命を絶ってしまいます。つまりセプティマスは、第四章で論じた、死者を弔うことによるロンリネス解消法から排除されているのです。

彼は戦友エヴァンズの死を、ヴィクトリア女王やフリーレンがそうしたように、個人的かつ公共的に記念して弔うことができません。エヴァンズは「無名戦士の墓」(イギリスではウェストンミンスター寺院にあります)に押しこめられ、名のある個人としては忘れられる存在です。エヴァンズの死がフラッシュバックしてしまうのは、セプティマスはその死別と折り合えず、癒やしがたいロンリネスをかかえてしまっていることの表現です。

では、クラリッサはどうでしょうか? クラリッサはセプティマスほどの明確な苦しみの原因を持っているわけではありません。ですが、作者ウルフが苦しんだ躁鬱《そううつ》(重要な情報をここで確認すると、彼女はそのために最終的に入水《じゅすい》自殺をしてしまいます)の反映を彼女の中に見たくもなりますし、セプティマスが過去の亡霊に苦しむように、クラリッサもサリーとの同性愛関係やピーターとの異性愛関係といった、過去に失ってしまった関係への悔恨に苦しみ、中・上流階級のスノッブ的なパーティに象徴される、虚飾の現在を生きることとの困難さを吐露します。

このクラリッサの孤独――青春時代の恋や友情とともに失われた自らのもっとも中心

にある経験が結局は共有できないことがもたらす孤独と言い換えられるでしょう——は、パーティでセプティマスの自殺が知らされた時に最高潮に達します。クラリッサはその危機をどうやって脱しているのでしょうか？

これにはいろいろな説明が可能ですが、私が、この場面でもっとも奇妙で、それゆえに重要だと考えているのは、クラリッサが見る向かいの部屋のおばあさんです。精神的危機に陥ったクラリッサは、パーティ会場から一人離れ、窓辺に立ちます。

彼女はカーテンをあけて、窓の外を見た。ああ、驚いた！　向かいの部屋であのおばあさんがわたしをまっすぐ見つめている！　ベッドに入るところだわ。……おばあさんが動きまわり、部屋を横切り、窓辺に近づくのを見るのは、魅力的な光景だ。おばあさんにはわたしが見えているかしら？　玄関でいまだに人びとが笑ったり叫んだりしているときに、あのおばあさんが静かにベッドに入ろうとしている光景は、魅力的だ。

この後、クラリッサはセプティマスが命を投げ出してくれてうれしく思うと考え、おかげで美を感じることができたと、少し唐突にも思える考えを抱きます。そして、自分は仲間たちのところに戻らなければ、と考えるのです。

なぜ向かいのおばあさんの部屋を覗《のぞ》くことが、彼女の危機を解決するのでしょうか？とても不思議な場面です。ですが私はここに、クラリッサによる独特のロンリネス解消を見いだしたいと思います。

彼女は冒頭の街路の場面で、飛行機の文字を中心とした共感の共同体に参加しません（できません）でした。これは、他者を知るという、「群集の人」以来の、都会のロンリネスへの解決法が、彼女には利用できないことを示唆しています。

これは推測ですが、『自分ひとりの部屋』を書いたウルフとクラリッサを重ねて考えていいなら、ほかの人たちのいる共有の居間から逃れ、自分ひとりの部屋を希求したウルフ／クラリッサには、そのような他者のいる開けた空間での共感の共同体に安易に参加することは、不可能だったのかもしれません。それは「自分ひとりの部屋」を明け渡してしまうことにつながる可能性がありますから。パーティ会場もそのような意味で、孤独を癒やしてくれる空間にはならなかった。だから、クラリッサは独りで小部屋に逃げ込みます。

ところが、この小部屋が最後に奇跡的に、おばあさんの部屋とつながる。ここでクラリッサが行っているのは、（意図しないものだとはいえ）都会独特の「覗き見」で、それは「群集の人」の語り手やピーターのストーキングに準ずるものです。それは、距離を置いて他人を他人のままに留《とど》めつつ、でもその内面を、その経験を少しだけ覗き見るような行為です。

クラリッサが最終的にたどり着いたのは、「自分ひとりの部屋」への完全な隔離でもなく、かといって開かれた空間でのべったりとした完全な共有でもないような、経験の共有だったのでしょう。あくまでそれぞれの自分ひとりの部屋での自由を確保しながら、ほどほどの繋《つな》がりを持って経験を共有する。そのような中庸の孤独が、クラリッサにとってのソリチュードとなったのでしょう。これは『自分ひとりの部屋』に私たちが見いだしたソリチュードの条件、つまり「引きこもる自由と社会に出る自由」の合わせ技を文学作品で表現したものなのです。

そして強調しておきたいのは、窓と通りをはさんだこの視線の交錯が、非常に深い意味での相互の存在承認になっているということです。お互いに何をしているか、何を考えているかは分からない。お互いの生活や内面をべったりと共有することは不可能だし、避けるべきでもある。でも、孤島かもしれないけれども、お互いに存在していて、それぞれの人生をとにかく生きている。そのような事実の深い承認が、この場面には見いだせないでしょうか。そのような承認を可能にするのが、ソリチュードなのです。

私たちはここで、第一章の『アナと雪の女王』についての議論への一つの答えを見いだしています。エルサは氷の城（自分ひとりの部屋）の中にソリチュードを見いだそうとし、結局は社会（といっても彼女は女王になるしかない「社会」）に引き戻されていきます。独りになるか、社会の一部になるかの二者択一を、エルサは強いられています。ウルフはこれらを二者択一、二項対立で見るのではなく、とりわけ後者の社会に所属することを、あくまで個人としての自由を確保しながら行うという道を指し示そうとしたのです。ぼっちのままで居場所を見つける、ひとつの方法を指し示そうとしたのです。王制のなくなった世界のエルサの姿が、そこには見いだされるでしょう。

第七章

誰でも孤独でいられる社会へ

――排除型社会と孤独

ソリチュードという特権？

本書では、イギリス文学を軸としつつ、一八世紀から二〇世紀までにわたって、「孤独」がいかに発見され、対処されてきたかを論じてきました。発見された「孤独」とは、否定的な孤独としての「ロンリネス」と、肯定的な孤独としての「ソリチュード」の二つでした。一八世紀から一九世紀には、孤独のロンリネスとしての側面が「発見」されていきました。そしてその対処法として、単にロンリネスを避けるだけではなく、「孤独」の意味を変える努力がなされました。さまざまな形での「ソリチュード」が探求されたのです。

最終章となる本章では、さらに時代と地域を跳躍し、二〇世紀後半から現在までの私たちの世界における孤独について考えてみましょう。現代の孤独を考えるにあたっては、第一章で『アナと雪の女王』を論じた際の結論を思い出して念頭に置いていきたいと思います。つまり、孤独への具体的な対処法を考えるには、私たちがどのような「社会」もしくは居場所を想定しているのかが重要になるということです。『アナ雪』では、孤独をケアする共同体としてかなり狭い「家族」というところに落ち着いたという結論を第一章では出しました。

そのことを念頭に置きつつ、今まで検討してきた孤独の対処法に絶えずつきまとってきた、一つの大きな問題点を指摘したいと思います。それは、ここまで見てきたような、歴史上のさまざまな人物やフィクションの登場人物が発見してきたソリチュードは、「特権的」かもしれない、という問題です。

ウルフの自分ひとりの部屋と五百ポンド、男性の都市遊歩者にとっての街路、ロマン派詩人の自然との一体化、ヴィクトリア女王の喪と記念碑作り、ジェイン・エアの遺産、ロビンソン・クルーソーの島の資源と労働の才……。はたまた、『アナ雪』のエルサにしてみても、彼女が獲得しかけたソリチュード（氷の城）は、彼女の圧倒的な魔法の力が可能にしたものでした。これらの資源や力は、必ずしも私たちみんなの手に入るものではありません。

実際、「孤独のすすめ」のような本は日本でも多く書かれているのですが、どうもその多くはうまく孤独になれた成功体験を前提に書かれているような気がしてなりません。

それも、多くの場合は男性や高所得者の。

確かに、自分ひとりの部屋と五百ポンドが私たちにもあれば、それはソリチュードを与えてくれるでしょう。ウルフのこのアイデアは、ソリチュード獲得のためには、心の問題よりも物質的な問題が大きいということを教えてくれる点で優れています。しかし私たちは次のように問わなければならないのです。

すなわち、そういったあくまで個人的な資源がソリチュードの条件だと想像される時に、他のどのような可能性が排除されているか、と。さらに言えば、孤独をケアしてくれる、他のどのような社会が排除されているか、と。

ウルフのアイデアからは、自分ひとりの部屋と五百ポンドを入手する能力や機会のない人たちが排除されていないか？　本章の結論に向けて論じますが、ウルフの意図はそうではなく、そういった物質的条件をあらゆる人に与えるべきだということでした。しかし、二〇世紀後半から現在にいたって、「孤独問題」が社会的な排除とのっぴきならない関係を結んでいる現在、そのような問いは避けることができないでしょう。

小山さんの二重の孤独

私が言っているのは、例えば『小山さんノート』の小山さんのような人のことです。小山さんというのは、東京都内の公園のテント村で暮らしていたホームレスの女性で、二〇一三年に亡くなるまで、膨大な文章を書き続け、八〇冊以上のノートを残した人です。『小山さんノート』は、野宿者や非正規労働者、研究者、アーティストなどの有志がそれを編集したもので、二〇二三年に刊行されました。

この本は一九九一年から二〇〇四年までのノートを編集した部分と、ノートの朗読会や書き起こしをしたワークショップのメンバーによる文章で構成されています。小山さんのノートに書きこまれるのは、日々の苦しい生活、交際していた男性から受けた暴力、しかしその男性に依存をせねばならないジレンマです。例えば次の一節を読んでみてください。

夢も希望もイメージも開化できないまま、一人の男の下部となって、個性も自由も奪われてしまうような人生なら、生きている必要もないだろう。

女は子どもを産む道具だ、お前は頭がおかしい、殺してやる、出て行け——。

久しぶりで真夜中静かに眠っていると、どら声がする。何と古い意識と考えで生き、凶暴な精神だろう。

十九日、森の木きりのため、朝八時過ぎ、広場に出る。多くの樹木の枝が、こんなにも痛んでいるのであろうか。一年半、東京を離れ、上京、出発地点の森を見ておどろいた。木々が色あせ痛んでいる。地盤の変化とは言え、世界の大自然破かいの歴史の歩みは、人身の手では回復させることはできない。痛む森、痛む地、痛む人、見るに忍びない。初夏を思わせるような暖かさの中で、二時間ばかり、大地に横になった。

心が渇ききるように淋《さび》しかった。（二〇〇一年三月一九日）

小山さんのような女性のホームレスは、二重の孤立と抑圧に苦しむことになります。経済的な孤立、そして女性としての孤立です。ホームレスのコミュニティは、圧倒的に男性が多いのですが、残念ながら、小山さんは、家とお金がない生活の苦しみにくわえて、引用の前半にあるように男性に加えられる暴力の苦しみにも耐えなければなりませんでした。

実際、いちむらみさこの序文によれば、小山さんはテント村の催しにも参加せず、ホームレスのコミュニティの中でも孤立していました（つけ加えるならば、私たちはここで女性だけではなく、同性愛者やトランスジェンダーといった性的マイノリティのことも、また民族・人種的なマイノリティのことも考える必要があります。そのような人たちは常に複合的な差別・排除、したがって複合的な孤立の状態に置かれやすいのです）。

『小山さんノート』
（エトセトラブックス）

そのような孤立からの逃げ場は小山さんにあったでしょうか。引用した一節の後半では都会（東京）の中で木々が傷んでいることに胸を痛め「心が渇きるように淋し」いという感情が吐露されています。これは自然を愛《め》でたロマン派、都市を楽しんだ遊歩者のいずれにも小山さんがなれず、自然も都会も彼女にソリチュードを与えてくれはしないことを痛切に表現しています。

ただし、『小山さんノート』からは、そんな中でも喫茶店での読書とほかならぬこのノートが心の支えとなっていることもまた、伝わってきます。そう、小山さんにとってこのノートに書きつけることは、生きることの支えであり、逆に言えばこのノートの文章は小山さんの生そのものとも言えるのです。

小山さんは、文学や芸術の道を志していたようです。孤独に直面した人が、ある種独り言のようにたくさんの書き物をすることはよくあることではありますが（だから、SNSに高頻度で書き込みをする人が、実生活ではすごく孤独である可能性もあります）、小山さんにはおそらく、表現をしたいという強い衝動がもともと備わっていたのでしょう。そしてそれは、物語ること、経験を共有することで孤独を解消したいという衝動でもあったのでしょう。

実際、後半の二〇〇三年の日記で小山さんは、さまざまな幻視を始めます。彼女は一八時間飛行機に乗ってフランスに行き、ルーラという想像上の人物と落ち合ってバーで乾杯をするという幻想を見ます。

夜、明日より十月十四日まで丸一ヶ月、再び一日目の出発が始まる。あらためて再び会える状態を作らなければ。あわただしい八月のすばらしい思い出をまぶたにうかべ、ルーナよりルーラにしようと、幻想の部屋のベッドの寝ごこちのよさの中で眠ろうとすると、十時過ぎ、車の音がする。ドアをたたく音、エンジ上下の衣類に身を包んだルーラの姿。突然の出逢《であ》いに外に飛び出し、一緒にタクシーに乗り、パリの路地裏のクラシックなバーで喜びのカンパイをする。意識は幻想の場面をくり返し持続する。フランスをめぐる仕事が忙しくなった、手伝ってほしいと、生き生きと明るい姿と動きは、まるで映画のスライドのようだ。一晩音楽聞き、食事をして、バーボン、スコッチ、ブランデーをたっぷりとのみ、一夜が明ける。(二〇〇三年九月一三日)

幻想の中のフランスの友人との友情、そしてその友情の経験を共有するための文学的な創造。しかしそれは、生前には誰にも読まれないノートの中だけで展開されたものでした。ここで私が想起するのは、ヴァージニア・ウルフの「自分ひとりの部屋と五百ポンド」です。女性が詩人になるための条件。小山さんにはそれは与えられませんでした。与えられていたとしても、それはつかのまの喫茶店だけでした。

　彼女のワンリネスは、詩の創作のためのソリチュードにはとてもなり得ません。彼女のルーラの幻視は確かに文学的創造のように見えます。しかしそれはウルフが考えたようなソリチュードから生まれたものではありません。そうではなく、この上なく厳しいアイソレーションとロンリネスから生み出されています。そういった意味での孤独からのぎりぎりの逃走として、創作をするしかなかったのです。

　ウルフが、シェイクスピアの妹が肉体を持った詩人になるために必要だと言った一世紀。そのほぼ一世紀が経とうとしている今、私たちの社会に小山さんのような女性がいるということを、重く受けとめる必要があります。小山さんは、いまだに存在する（そして存在を消される）シェイクスピアの妹なのです。

孤立と排除型社会

ですが、小山さんの言葉は、かろうじて私たちの手元に届いています。あくまで亡くなった後にではあるのですが、彼女の言葉は、書籍の形で私たちに届きました。シェイクスピアの妹のように、完全に消し去られたわけではありません。

そしてそれを可能にしたのは、ノートの文字起こし、朗読会や座談会を行い、最終的にこの本を編集した「小山さんノートワークショップ」の面々であり、それを出版した出版社の人びとでした。それが、小山さんをアイソレーションとロンリネスから(死後に)救い出した「社会」だったということになるでしょう。

そこでさらに私たちがしつこく問わなければならないのは、「それ以外の社会はあり得なかったのか?」ということです。小山さんや、小山さんのような境遇の人が、厳しいアイソレーションとロンリネスに追いつめられて創作をするのではなく、自分の創造性をもっと豊かに発揮できるようなソリチュードを彼女にあたえてくれる「社会」は、あり得なかったのでしょうか? そもそも、小山さんのアイソレーションを生み出したのはどのような社会だったのでしょうか？

　ここで、孤独そのものの問題から少しだけ離れて、私たちの生きる社会について考えてみたいと思います。イギリスの社会学者ジョック・ヤングは、現在私たちが生きている社会を「排除型社会」として説明しました。そして、排除型社会に対立する、歴史的には先行する社会を「包摂型社会」と呼びました。

　私たちの社会はつねに、誰が社会を構成するのかを定義します。例えば犯罪者をどう位置づけるのかを考えれば分かりやすいでしょう。包摂型社会では、犯罪者は私たちの社会が生み出したものだと考え、犯罪者の収監目的も、犯罪者がやがて社会へと適応するための更生もしくはリハビリテーションということになるでしょう。犯罪者も含めて私たちの社会だということです。

　それに対して、排除型社会の考え方では、犯罪者は私たちの社会からの逸脱であって、収監はそういった逸脱を私たちの社会から排除して、それによって社会の統一性を維持することを目的とすることになります。

　もう一例を挙げるなら、生活保護のような福祉の受給資格についても考えることができます。誰が生活保護受給に「値する」か、という基準は、包摂型社会と排除型社会で大きく異なってくるでしょう。極端な例として、生活保護受給者がカップラーメンを食べているのはおかしいという意見がインターネットで書きこまれたことがありました。その書き込み主によれば、カップラーメンは袋ラーメンに比べれば高く、贅沢《ぜいたく》であるということです。

これはちょっととんでもない主張ですが、もう少しグレーゾーンでは、例えば自動車を所有しているかどうかや、シングルマザーに交際相手がいないかどうかといった「資力調査」は、非常にプライヴァシー侵害的なかたちで（受給者にとって屈辱的なかたちで）受給資格を厳しく問うてきました。排除型社会はこのように、福祉の対象に「値する人」と「値しない人」との間に太い線を引く、それもできるだけハードルを高めるようなかたちで線を引くのです。

包摂型社会／排除型社会は非歴史的な概念ではありません。具体的な歴史に根ざしたものです。その歴史とは、二〇世紀後半から現在にかけての、福祉国家から新自由主義へのシフトです。イギリスでは一九四五年に政権を取った労働党が、無料の医療制度や基幹産業の国営化などによる福祉国家の建設を行いました。福祉国家はセーフティーネットを充実させることによって、私たちを大きな社会へと包摂しようとしたものでした。

ところが一九八〇年代から基本的に現在まで、「新自由主義」という考え方が優勢になりました。新自由主義とは、それまでの、政府が個人や市場に介入した福祉国家を否定して、そういった介入を最低限にし、市場原理を最優先にする考え方です。

イギリスでは、一九七九年に首相になったマーガレット・サッチャーが、「社会は存在しません、存在するのは、男と女、そして家族だけです」と述べたことで有名です。彼女は、個人を守ってくれる社会は存在しない（せいぜい家族だけだ）と述べたわけですが、社会が存在しないというのは、資本主義的な市場しか存在しないということでもあります。サッチャーは福祉国家の諸制度を解体して、「小さな政府」と「自由な市場での選択と競争」を強調しました。ヤングの言う排除型社会は、そのような新自由主義の原則から生じたと言えるでしょう。「自由競争」に負けた者は社会から単に排除されるのです。

このような局面では、「承認」の問題は心の問題であるよりは、かなり明確に物質的な孤立の問題に直結するでしょう。承認の不在は、社会からの排除に直結するのです。

小山さんのような存在は、そのような社会の変化の結果生じたのです。実際、二〇一〇年代になると、先進国諸国でも貧富の差の広がりが、改めて問題とされるようになりました。二〇一一年、アメリカの金融街・ウォール街での座り込み運動「オキュパイ・ウォールストリート（ウォール街を占拠せよ）」が起きました。「オキュパイ」運動のスローガンは「我々は九九％だ」です。貧富の差が激しくなった一九八〇年代以降の新自由主義社会では、トップ一％の所得割合が増加の一途を辿《たど》っています。経済学者のトマ・ピケティは『21世紀の資本』を出版して、資本主義がそのような不平等を進展させる制度であることを論じました。

本書ではここまで、一八～一九世紀にロンリネス／ソリチュードが発明されたという考え方のもと、孤独を「近代」の現象として概観してきました。「近代」というのは、ほぼ資本主義社会と同義です。本書を締めくくる本章では、もう少し時間のスパンを短く取って、一九八〇年代以降の新自由主義的な資本主義が孤立（アイソレーション）と孤独（ロンリネス）の問題について新たな局面を生み出したことを指摘したいと思います。小山さんが奪われた社会とは、新自由主義が奪った社会かもしれません。

二つの「社会」の物語

そのような排除型社会、新自由主義社会での孤立と孤独をめぐる物語は多くつむがれてきています。ここでは二本の映画を紹介したいと思います。一本はイギリスの映画監督ケン・ローチの『わたしは、ダニエル・ブレイク』(二〇一六年)、もう一本はアイルランド・イギリス映画で、フィリダ・ロイド監督の『サンドラの小さな家』(二〇二一年)です。

『わたしは、ダニエル・ブレイク』の主人公ダニエル・ブレイクは、妻を亡くし、心臓病でドクターストップがかかって失業した老齢の元大工です。彼は失業給付を得ようとしますが、企業へと外注された失業給付申請窓口の複雑な申請手続きの壁にぶつかって困窮します。そんな彼は、偶然に出会ったシングルマザーで、やはり貧困に苦しむケイティと交流をはじめます。ですが、ダニエルもケイティも次第に困窮していき、ダニエルは家財を売り払い、ケイティは売春をすることになります。自身が孤立と貧困に苦しむからこそ、お互いにケアをし合うダニエルとケイティ。しかし、物語は悲劇で幕を閉じます。失業給付申請の不服申し立てに、ケイティに付き添われて行ったダニエルは、面談の前のトイレで心臓発作を起こして亡くなってしまうのです。

『サンドラの小さな家』の主人公サンドラは、夫のDVから逃れるために、子供二人と家を出て、ひとまずはDV被害者支援を受けてホテルでの仮暮らしをします。アイルランドでは家賃が高騰しており、サンドラは住む家を見つけることができません。そこでサンドラは、インターネットで紹介されていた、自力で安価な家を建てる方法を実践しようとします。サンドラは、サンドラの母も家政婦として雇われていたペギーの家で家政婦として働いており、ペギーがサンドラに余っていた土地の利用を許可することで、サンドラの家の建築は前に進み始めます。偶然に知り合った友人た

『サンドラの小さな家』DVD（販売元：アルバトロス）

『わたしは、ダニエル・ブレイク』DVD（販売元：バップ）

ちの助力を得て、サンドラは家を建てていきますが、そこでＤＶ夫のゲイリーが親権を争う訴訟を起こします。サンドラは法廷で勇気を出して自らをさらけ出して証言をすることで、親権を勝ちとります。ところが、逆恨みしたゲイリーがサンドラたちの家に放火します。怪我人は出なかったものの、灰になってしまった家。映画はサンドラと子供たちが灰の中から使える釘《くぎ》などを拾い出している場面で締めくくられます。

この二本の映画は、新自由主義社会が生み出した二つ（もしくは三つ）の孤立と孤独を描きます。福祉の削減を目的とした、受給資格の厳格化と受給手続きの複雑化の犠牲になるダニエル。シングルマザーであるがゆえに生活が困窮するケイティ。ＤＶのためだけではなく、新自由主義的な投機で家賃が高騰したことのために住む場所がなく孤立するサンドラ。

一本は表面上は悲劇的に、もう一本は少しだけ希望の光が射して終わる映画ですが、私は二本とも現代の孤立と孤独がそれぞれに解消されている映画として見たいと思っています。どちらの映画にも、小山さんのために小山さんノートワークショップという「社会」が存在したように、かろうじて孤立を防ぐ社会が存在します。

それは、『わたしは、ダニエル・ブレイク』の場合はダニエルとケイティの交流ですし、ダニエルが福祉受給の窓口事務所の壁にスプレー缶で「私、ダニエル・ブレイクは、飢え死にする前に不服申し立ての期日を決めることを要求する」という宣言を書いた際に、それを称賛する街の人びとです。

『サンドラの小さな家』でも、ペギーだけでなく、元大工やその息子、サンドラが働くパブの同僚など、サンドラとは利害関係の薄い人たちが、家づくりのために集います。血縁関係・家族関係ではない、偶然にできあがるコミュニティがサンドラを助けるのです。

そしてサンドラは、彼女と子供たちを孤立から守る「家」を手に入れます。「家」というものは、なにかといえばすぐに家族的なものと結びつけられます。しかしサンドラの家はあくまで、「家族」的なもののメタファーではなく、物質的なシェルターとしての家です。ですから、『サンドラの小さな家』はDVも引きおこすような家族的なものの外側にありながらもいかに孤立せずに居場所を見いだして生きられるかという物語でもあります。

そのような、偶然に出来上がったコミュニティと居場所によって、かろうじて二人は深刻な孤立を逃れています（それにしてもやはり、ダニエルの死は孤立による健康悪化の側面があったでしょうから、保留は加えたいですが）。

こういった物語が現在多くつむがれているのは、新自由主義的な排除型社会における孤立（アイソレーション）の問題、孤立がもたらす孤独（ロンリネス）の問題が深刻であるという社会の認識が強まっているからでしょう。物語のあり方は、社会の認識・意識を反映します。

そしてこれらの作品が最小限の、いずれも偶然的な友人関係によってかろうじて孤立を解消することは、現在あり得る「孤独を解消する社会」のあり方と、同時にやはりその限界を物語っているでしょう。これらの映画を観て思うのは、こういった小さな友人関係やコミュニティ以外に、かれらを救ってくれるより大きな社会は存在しなかったのか？　ということです。これは本章の最後の結論でもう一度考えましょう。その結論に進む前に、少し遠回りに思えるかもしれませんが、もう一つだけ考えておきたいことがあります。

勝ち組男性の孤独

ここまで論じてきて、ひょっとするとある疑問を持っている人もいるかもしれません（そのような疑問を持つ人はすでに本書を閉じてしまっているかもしれないとも心配していますが）。

それは、新自由主義／排除型社会が、排除されるマイノリティの孤立・孤独を生むのは認めるとして、では反対の、マジョリティは孤独ではないのか、という疑問です。もしくはもう少し繊細に言えば、マイノリティの孤独に比べれば、マジョリティの孤独なんか問題にすべきことではないとでもいうのか、という疑問です。

ここに「比べれば」という比較の論理が出てきていることがすでに問題の一端を表現しているのですが、それはともかく、結論に進む前にその問題を考えてみましょう。

本書では、男性を比較的ソリチュードを手に入れやすい性別として取り扱ってきました。ロビンソン・クルーソーしかり、ワーズワース、ソローしかり。確かにそういう部分はあるでしょう。ヴァージニア・ウルフの言う自分ひとりの部屋と収入は得やすいし、また戸外に独りでいても比較的安全だと思えるのは男性でした。

ところが近年、ソリチュードを得る「余裕」があるはずの男性の方が、孤独を原因に自殺をする割合が高いということが指摘されています。これはなぜでしょうか？

アメリカの心理学者トーマス・ジョイナーは、『男たちはなぜ孤独死するのか――男たちの成功の代償』で、この問題を探究しています。ジョイナーは、本書がロンリネスとアイソレーションという言葉で論じてきた、否定的な感情としての孤独感と、社会的・物質的な孤立との関係に鍵があると考えます。ジョイナーによれば、孤独感は、社会的な孤立を察知する「センサー」のようなものです。

孤立状態に対して、人によっては孤独感を持つでしょうが、その感情には蓋をして、孤独を感じないようにしてしまう人もいるかもしれません。男性はとりわけ、この孤独感というセンサーを若いころには「オフ」にしてしまいがちで、それが特に中高年になった時にのっぴきならない孤立と孤独の問題として噴出してしまうというわけです。

これは、そんな男性は（男性も）かわいそうだ、という話では必ずしもありません。ジョイナーによれば、男性がそのようになってしまうのは、若いころから「甘やかされている」からです。男性は人間関係を調整して作ることを、比較的に人任せ（つまり女性任せ）にしがちで、若いころはむしろライバルを蹴落とす競争に血道をあげ、地位や財産を築くことに心を奪われがちです。他者や社会への依存の方法を学ぶのではなくむしろ、依存を否定して「自立」することだけを目指します。その結果、四〇代も後半以降くらいになって気づいてみると友達と言える人がいなくなっているというのです。『ジェイン・エア』のロチェスターは、ジェインによってそのような「自立」の幻想を破ってもらえて、幸運だったとも言えるでしょう。

しかも、孤独感のセンサーを「オフ」にしている男性はそれに気づきにくい。孤独にうすうす気づいた中高年男性は急に趣味に走ったりしますが、趣味で築かれた人間関係は孤独を癒やしてくれるような人間関係には、なかなか育ちません。

ひょっとすると本書を通してみなさんの頭に浮かんでいたかもしれない『孤独のグルメ』も、その点ではちょっと危なっかしいように思えます。主人公の井之頭五郎は独身で、個人でインテリアなどの輸入業者をしています。彼は美味《おい》しいレストランや食堂を見つけては独りで楽しむことを趣味にしています。

これはいかにも無害なソリチュードの楽しみのように見えます。ですが、（これは私だけの感覚かもしれませんが）食にこだわりをもって食べたものに心の中で講評を加えながら一喜一憂する五郎は、ちょっと気難しそうで現実にはあまり友達にしたくはないなと感じます（ごめんなさい）。実際は、彼が、学生時代の友人などとのつながりを持っている様子なのは確かですが、彼が、ソリチュードを楽しむのではなくロンリネスに襲われてしまう日が来るのではないかと心配です。

男性と孤独感のセンサー

孤独感のセンサーをオフにすると言えば、ＳＦ映画の『アド・アストラ』（二〇一九年）がまさにそのような話です。主人公ロイ（ブラッド・ピット）は優秀な宇宙飛行士です。この映画の世界では、宇宙飛行士にはＡＩによる心理検査が義務づけられていますが、彼は何にも動じることのない鋼鉄の心を持った宇宙飛行士です。「感じないこと」こそ「男らしさ」であるという等式がここにはあります。

物語は、冥王星あたりの地球外生命体探査ステーションから発せられた大規模な宇宙サージで地球が大きな被害を受け、ロイがそのステーションの探索に向かうというものです。じつはロイの父親クリフォードはその探査ステーション計画のリーダーで、すでに死んだと考えられていましたが、今回の事件で生存の可能性が疑われます。

ロイの探索の結果明らかになるのは、長期間の宇宙での活動で精神を病んで地球への帰還を訴えたクルーたちを、父のクリフォードは殺害してしまっていたということです。クリフォードは計画の続行という使命をどこまでも貫徹しようとするのです。使命に忠実と言えば聞こえはいいですが、実際はとんでもなく身勝手な「仕事人間」なのです。そのような父の元にたどり着いたロイは、そこまでの宇宙飛行で七〇日間の完全な孤独を経験し、他者の存在の必要性を学びます。そして父に帰還するよう説得しようとしますが、父は聞き入れずに宇宙の果てへと消えてしまいます。そこから生還したロイは、当初に離婚していたイヴとの関係を修復しようとします。

この映画は要するに、「仕事人間で他者との関係なんか二の次だった父親を反復しそうになっていたロイが、孤独を知ることで反省し、他者との関係を編み直そうとする」

という、まあ正直に言って少々陳腐な父子の物語です。ですが、陳腐であるがゆえに、広く共有された感情をとらえているとは言えるでしょう。

ロイは孤独感のセンサーをオフにすることでミッション（仕事）に邁進《まいしん》する人だった。しかしそのままであればおそらく父と同じように、狂気に飲み込まれていたかもしれない。しかし彼は宇宙飛行によって孤独感のセンサーのスイッチをオンにすることを学ぶわけです。

これは、現代の男性にとってとても重要なレッスンになっています。他者との関係作りを女性に任せるのではなく、他者と自分の内面をよくよく見つめ、コミュニケーションを取って他者と繋《つな》がる努力をしなさい、他者にむやみに自分を承認させようとするのではなく、相互承認を育てる努力をしなさい、というレッスンです。補論の『友達100人できるかな』を思い出していただいてもいいでしょう。

ですがおそらく、今問題にしている新自由主義／排除型社会はそのような方向に男性が向かうことをあくまで押しとどめるでしょう。男性はどこまでも、他者との相互依存・相互承認を否定し、他人と比較・競争をして勝ち残ることに全てを差し向け、自分の孤独感というセンサーをなるべく鈍くするように強いられるのです。

孤独許容社会へ

さて、ではどうすればいいでしょうか。私が本章で論じてきたのは、現在せり出してきている孤独の問題は、ホームレス女性のそれであれ、エリート男性のそれであれ、新自由主義と排除型社会の現在がもたらす社会的孤立の問題だということでした。そして、孤立を解消するために私たちは、「社会」を想像し直す必要があるということを強調してきたつもりです。そうであるならば、どのような「社会」が想像可能でしょうか？

『アド・アストラ』DVD（販売元：ウォルト・ディズニー・ジャパン）

ひとつの方法は、新自由主義が否定した、旧来の「福祉国家」へと回帰することです。つまり、かつての包摂型社会を目指す、ということです。

でも私はこれは選択肢に入らないと考えています。かつて存在した福祉国家／包摂型社会も、完全で万能のものではありませんでした。本書の出発点に戻るなら、雪山に自分ひとりの部屋（氷の城）を作り出してソリチュードを手に入れようとしたエルサは、『白雪姫』や『シンデレラ』のようなディズニー映画が描きつつ生み出したかつての福祉国家体制（と、その一部としての異性愛での結婚と家族の体制）からの逃走をしていたのでした。そのような自由へのフェミニズム的な衝動は、決して否定してはなりません。二〇世紀半ばに存在した福祉国家そのものへの回帰は、もう少し長い歴史的視点では前近代の共同体への回帰が不可能であったのと似て、問題の真の解決にはならないのです。

その一方で、本章で述べた通り、エルサのようなソリチュード獲得は、とりわけ格差社会で能力主義的な社会である新自由主義社会では特権的なものでもあり得ます。「自分ひとりの部屋」が手に入らない小山さんの存在を想起しましょう。

私たちは、ソリチュードの獲得をそのような特権性や能力から解放する必要があります。それは、誰でもソリチュードが得られる社会を作ることです。誰でも孤独でいられる社会を作ることです。ソリチュードを許す社会――これを「孤独許容社会」と呼びたいと思います。

では、最後の疑問です。孤独許容社会はどうやって作れるのでしょうか？　誰でも孤独でいられ、なおかつ孤立に苦しむことはない社会はどうすればできるのでしょうか？

私はここで、分かりやすい結論を出すことには大いにためらいを覚えます。この問題は、簡単な解決などあり得ない問題であり、あたかも、一行で書ける解決策があるかのようなふりをするのは間違っています。

そのような保留を加えつつ、私が提案してみたい具体的な政策があります。これは拙著『新しい声を聞くぼくたち』でも提案したものですが、くり返しを恐れずに、何度でも提案したいと思います。

それは、ベーシック・インカム（基本所得）です。ベーシック・インカムとは、あらゆる人に、性別はもちろん年齢も、職の有無も関係なく、個人単位で政府が所得を給付するという制度です。家族単位ではなく個人単位、また受給の資格（資力など）は全く問わずに、最低限の生活を保障するという制度です（ベーシック・インカム制度そのものについて詳しく知りたい方は山森亮『ベーシック・インカム入門』などを参照していただければと思います）。

ここで取り急ぎつけ加えなければならないのは、ベーシック・インカムは、まさに本章で問題にした新自由主義を加速させる可能性もはらんでいるということです。極論だとは思いますが、ベーシック・インカムさえ給付すれば、政府は他の全ての福祉（例えば医療や教育など）を省略してよいということも言えてしまうからです。実際そのような理由からベーシック・インカムを支持する新自由主義派の人もいます。

そうではなく、ここで重要なのは、ベーシック・インカムが可能になる社会、またそれが可能にする社会とはどのようなものか、ということです。それはまず、小山さんのような人の孤立をなくすでしょう。ベーシック・インカムはそれこそ最低限の生活は保障します。もっとも熾烈《しれつ》な孤立の問題はかなりの程度で解決されるでしょう。

それだけではありません。エリート男性の孤独の原因も、取りのぞいてくれる可能性があります。というのも、ベーシック・インカムがあれば、現在のような生存のための競争はなくなるのです。それは、現在の能力主義の根本を変化させます。何しろ、最低限の生活は保障されるのですから、それ以上にがんばるかどうかは個人の自由となるのです。それこそ自らの内面に向き合ったり、他者との関係を構築したりといったことも、特権的な能力ではなく、あらゆる人がゆっくりと、ほかならぬベーシック・インカムが与えてくれる自由な時間に行えるものになるでしょう。ベーシック・インカムは孤独の原因となっている能力主義と競争の制度の根本を切り崩すのです。

ベーシック・インカムはまた、前節で示唆した、「比較」そして承認の問題を解きほぐしてくれます。前節の男性たちの孤独の一因は「比較」でした。現代は比較に溢《あふ》れています。自分の境遇と他の人たちの境遇が、SNSの発達によって目に見えやすく比較しやすくなっていますが、それは新自由主義的な競争のための条件にもなっています。ベーシック・インカムがあれば、極端な話、必要最低限の生活を選ぶこともでき、それは別に恥ずかしいことではなくなるのですから、そのような比較や承認欲求には意味がなくなるでしょう。

そして、新自由主義派がベーシック・インカムを肯定することにもちゃんとした意味があると思います。それは、徹底した個人主義の政策でもあるからです。つまりあくまで個人給付であるということですが、本論の文脈では、それは前近代的な共同体はもちろん、部分的には（家族という形で）その延長線上にある福祉国家の共同体性も解体する可能性を秘めています。それはソリチュードを可能にしてくれるのです。

つまり、ベーシック・インカムは、私たちみんなのための「自分ひとりの部屋と年収五百ポンド」になり得るのです。それはアイソレーションとロンリネスの危険を遠ざけ、なおかつソリチュードを楽しむことを可能にしてくれるでしょう。「孤独でいられる安全と自由」を与えてくれるでしょう。それらが得られる社会こそが、孤独許容社会なのです。それをいうなら、結局のところ、ウルフは自分ひとりの部屋と五百ポンドを誰がくれるのかを一言も言ってはいません。私がそれを特権だと述べたのは、その意味では私の間違いであり、ウルフはそれを無条件のベーシック・インカムのようなものとして構想したのだと私は信じています。

『自分ひとりの部屋』からの引用（一七〇頁）で、ウルフが「共通の生」について語っていたことを思い出してみましょう。「一世紀ほど生き」る、「わたしたち」の「共通の生」について。自分ひとりの部屋と年収五百ポンドというベーシック・インカムは、そのような共通の生において「わたしたち」が獲得するものなのです。

社会を想像する

先に断ったとおり、ベーシック・インカムはあくまでひとつのアイデアです。というより、ベーシック・インカムのようなものをある理念・理想として置いてみることで、私たちの社会をめぐる想像力が試されると言った方が正確かもしれません。

社会をめぐる想像力というのは、第一章の終わりで論じたこと、そして本章で小山さんについて述べたことにつながっています。ロンリネスを解消してくれるものであれ、ソリチュードを与えてくれるものであれ、私たちはどんな社会を想像できるか、ということです。これを居場所の問題に置き換えてもよい、というのも第一章で述べた通りです。それは国家なのか、より小さな共同体なのか、市場なのか、宗教なのか、ご近所関係なのか、友達関係なのか、恋人（ソウルメイト）なのか、家族なのか、親類なのか……。

これらのどれかが正解であるとか、どれかは絶対的に拒否されるべきであるということを結論としてはならないと思います。ただ、拒否されるべきなのは、現在ある社会とは別の社会を想像しようとする想像力を阻害することです。エルサのソリチュードが結論になり得るという想像力が阻害されて家族愛へと限定されたり、小山さんをとりまく社会の想像力が、市場の「自由競争」へと制限されたこと、これらは、拒絶されるべきです。

そして、そのような拒絶を可能にするためには、私たちは社会に対する想像力をできるだけ豊かに、できるだけ自由にしていく必要があります。今ある社会とは別の、また想像できる社会とは別の社会が存在するのではないか。孤独について考えるとは、突き詰めればそのようなことについて考えることにほかなりません。このように語っている私自身の社会の想像力もまた、完全に自由だとは言えないでしょう。しかし私は本書を書くことで自分の想像力をできるだけ解き放ち、できれば読者の想像力も解き放てるように努力をしたつもりです。

最後に繰り返しますが、本書が物語を読むことを軸にしてきたのは、孤独について考え、社会について考えることは、このように、物質的な問題であるのとまったく同時に、想像力の問題でもあるからでした。本書で扱った、孤独をめぐる物語たちは、社会を想

像し直す物語たちでもあったのです。そのような物語たちを共有し、かつ個々人のパーソナルな物語としても大事にし、それをまた受け継いでいけるようなコミュニティがあるとすれば、そこにはロンリネスは存在しないかもしれない、という希望を持って、筆をおきたいと思います。

おわりに

私が思春期に読んで深い感銘を受けた小説に、アメリカの小説家J・D・サリンジャーの『ライ麦畑でつかまえて』（一九五一年）があります。主人公は一七歳のホールデン・コールフィールド。彼は寮制の高校を成績不良で放校処分となり、実家のあるニューヨークへ独り向かい、かといって実家に帰るわけにもいかず、「気が滅入《めい》った」まま放浪をします。

彼は電車で乗り合わせた同級生の母に自分は脳腫瘍だと嘘《うそ》をついてみたり、娼婦《しょうふ》を買って会話だけして帰らせ、しかし女衒《ぜげん》に代金をふっかけられて殴られたり、女友達のサリーを呼び出して、田舎で結婚して自給自足生活をしようと提案してふられたりします。

何をやっても「気が滅入った」ままのホールデンの状態は、孤独と名づけるべきものでしょう。

ホールデンの寒々しい孤独の感覚は、この小説を読んだころにおそらく彼と同じくらいの年齢だった私の心に住み着き、その感覚は今でも消えていません。私がホールデンのように高校を放校処分になったり、そのために放浪をしたりした経験があったからではありません。そうではないにもかかわらず、この社会に居場所がないのではないか、存在を承認してもらえないのではないか、という感覚を、この小説は私の心の奥深いところに植えつけたように思うのです。

それから何十年も経ち、私は大学で職を持ち、同僚や友人、家族もいて、傍《はた》から見ればまったく孤独には見えないと思います。ですが、『ライ麦畑でつかまえて』が植えつけた孤独の種子が心の奥底に確実に枯れずに生きていて、ふとした瞬間に芽を出し、心の中で育ってしまうのではないか、そのような恐れをぬぐえないでいます。

その「ふとした瞬間」とはどんな瞬間なのでしょうか。それはおそらく、一番極端な場合には自分の愛する人を失うとか、職を失って居場所がなくなるとか、現実的な条件の変化である可能性が高いと思います。そんな時に、日頃は忘れていた孤独の種子が芽を吹くのではないか。そんな不安を抱えているのは私だけでしょうか。

当然、その孤独の種子は『ライ麦畑でつかまえて』が原因なわけではありません。この小説を読まなくても違う形でそれは意識されたでしょう。しかし、この小説は思春期の私にとってはそれを意識する大きなきっかけになったのです。

さらに言えば、『ライ麦畑でつかまえて』がそこまでの深い印象を残しているのは、それが孤独を教えてくれたからだけではありません。ホールデンは孤独に深く苛《さいな》まれるがゆえに、孤独にならない方法も深く考え、独特の形で表現します。

それはこの小説のタイトルに関わります。ホールデンはニューヨークで実家に帰り、彼が唯一心を開く妹のフィービーに会います。ホールデンはフィービーに、自分はライ麦畑で、崖に落ちそうになっている子供たちを捕まえる人（タイトルの直訳は「ライ麦畑の捕手」です）になりたいと語ります。

とにかくね、僕にはね、広いライ麦の畑やなんかがあってさ、そこで小さな子供たちが、みんなでなんかのゲームをしているとこが目に見えるんだよ。何千っていう子供たちがいるんだ。そしてあたりには誰もいない——誰もって大人はだよ——僕のほかにはね。で、僕はあぶない崖のふちに立ってるんだ。僕のやる仕事はね、誰でも崖から転がり落ちそうになったら、その子をつかまえることなんだ――つまり、子供たちは走ってるときにどこを通ってるかなんて見やしないだろう。そんなときに僕は、どっかから、さっととび出して行って、その子をつかまえてやらなきゃならないんだ。一日じゅう、それだけをやればいいんだな。ライ麦畑のつかまえ役、そういったものに僕はなりたいんだよ。馬鹿げてることは知ってるよ。でも、ほんとになりたいものといったら、それしかないね。馬鹿げてることは知ってるけどさ……

これを初めて読んだ時には、はっきりと意味は分かりませんでした。この不思議なヴィジョンの意味をちゃんと言葉にはできませんでした。でも、とにかく救われた気がしました。

今であれば、ホールデンのこのヴィジョンを、さまざまな言葉を使って解釈することができます。ホールデンがなりたいと言うのは、この社会（ライ麦畑）から脱落する（崖から落ちる）人たちを救う、言わばセーフティーネットのようなものであると。ホールデンは自分も含めて社会に適合できない人たちも排除することのない、前章の言葉では包摂型社会、もしくは理想的な福祉国家のヴィジョンをここで述べているのだ、と。そしてひるがえって、私が感じた孤独は当時（一九九〇年代初頭）に萌芽していた新自由主義を文脈としており、この一節が救いになったのは、それが新自由主義の排除型社会から抜け出す道を指し示していたからだと、今ならわかります。

私は第七章で、人びとをロンリネスに陥らせず、同時にソリチュードを享受することは許すような社会、すなわち孤独許容社会を作り得るものとして、ベーシック・インカムを提案しました。ベーシック・インカムはホールデンのライ麦畑の「つかまえ役《キャッチャー》」だったと言ってもいいでしょう。

そのような解釈を越えて、この一節が私の心に深く刻まれた理由は、ここでホールデンが自分の孤独の解消法を述べているわけではなく、あくまで他の人たちが危険なアイソレーションとロンリネスに陥らない手助けを仕事とする人になりたいと言っていることです。私が当時理解したのは、ホールデンは自分がそのような他者の助け手になるのを想像することによってこそ自分を救っている、ということでした。

なぜそのような想像がホールデン自身を孤独から救うのでしょうか？　それは、彼が、そのような社会を、つまり彼自身のような人間が排除されない社会を想像し得ているからです。そして、その社会の作り手に彼自身がなる――それが言い過ぎなら、その手助けをする――、という想像こそが、孤独に苦しむ彼をもっとも深い意味で救っているのです。

ホールデンは、誰かひとりのための「自分ひとりの部屋」ではなく、みんなのための「自分ひとりの部屋」を、前章の小山さんが独り亡くなるのではなく、かといって無理やりに人との関わりを持たされるわけでもない、独りで安心して創作に励めたかもしれない部屋を作る人になりたかった。

そのように望むホールデン自身は、決して人に施しをするような特権的な立場にあるわけではありません。ですが、特権的な立場にないにもかかわらず、そのような想像をすること、これが鍵なのです。そのような利他性は、自分を救ってくれる社会を想像するための鍵なのです。

孤独をめぐる本書の旅路は、とりあえずここでおしまいです。旅路の終わりに、『ライ麦畑でつかまえて』を一冊、そっと置いておきたいと思います。この作品は私に孤独の不安を教え、そして同時にその出口も遠くに指し示してくれた本でした。もちろん、同じようなものを与えてくれる作品や物語は、人によって違うでしょう。

さまざまな想像的物語を経巡りながら孤独について考えてきた本書の最後に私が願うのは、読者のみなさんがご自分にとってのそんな一冊を見つけられることです。私にとっての『ライ麦畑でつかまえて』のような一冊を。それは本書で紹介した作品の中から見つかるかもしれませんし、それ以外から見つかるかもしれません。本書を閉じたら、ぜひそのような作品の探索に出かけて欲しいと思います。そんな作品と共にあることができると確信できれば、孤独を恐れる必要はもはやなくなるでしょうから。

最後に、本書の実現を助けてくださったみなさんに謝辞を申し上げたいと思います。
まず、本書の提案をしてくださり、構想や執筆、そして編集の伴走をしてくださった筑摩書房の甲斐いづみさんに深く感謝申し上げます。

学恩についてはお名前を挙げ始めるときりがありませんので、草稿を読んで貴重なご意見をくださった専修大学の越智博美さんに、とりわけて謝辞を捧《ささ》げたいと思います。

また今回は、想定する読者層を考えて、家族に草稿を読んでもらいました。感謝します。ありがとう。

また、素敵な挿絵を寄せてくださったはらだ有彩《ありさ》さんに大きな感謝を。『日本のヤバい女の子』シリーズや『女ともだち』、『「烈女」の一生』などの著作があるはらださんからは、著作だけではなく、すでに三回ほどご一緒した対談で、さまざまなインスピレーションをいただいてきました。はらださんの書き物に影響を受けたこの本に挿絵をいただけたのは、この上ない幸福でした。

このように、さまざまな助けを頂いて完成したこの本ですが、瑕疵《かし》があるとすればそれはすべて私に帰属するものです。

本書は、かなり個人的な経験と思いがこもった本です。私には何か、本書を書かなければならないという切迫感のようなものがありました。

まずそもそも、本を書くという作業はこの上なく孤独です。顔の見えない読者に向けて独りものを書くという作業を続けていると、これは私の単なる独り言で、誰にも届かないし、誰にも理解されないのではないかという発作的な思考に囚われることがあります。そんな中、ここに謝辞を捧げたみなさんは私の孤独を癒やしてくれる存在でした。

またそれ以上に、具体的には書きませんが、私自身だけではなく、私の身のまわりには孤独に苦しんだり、うまく孤独になれない苦しみを抱えていたりする人たちが多くいて、本書はまずはそのような人たちを念頭に置きながら書いたものです。そして、私自身も含め、現在深刻な孤独に苦しんでいるわけではない人も、状況が変われば孤独の淵《ふち》に落ちていく可能性がある社会に、現代の社会はなっているのではないか……。そんな不安が、筆を進める推進力となりました。本書がそのような不安と苦しみを、そして私の身のまわりだけではなく、広く社会にある不安と苦しみを少しでも取り除く手助けとなることを願ってやみません。

二〇二四年九月

河野真太郎

参考文献

第一章

アルバーティ、F・B『私たちはいつから「孤独」になったのか』神崎朗子訳、みすず書房、二〇二三年。

河野真太郎『増補 戦う姫、働く少女』ちくま文庫、二〇二三年。

ダウリング、コレット『シンデレラ・コンプレックス』木村治美訳、三笠書房、一九八二年。

若桑みどり『お姫様とジェンダー――アニメで学ぶ男と女のジェンダー学入門』ちくま新書、二〇〇三年。

第二章

アルバーティ、F・B『私たちはいつから「孤独」になったのか』神崎朗子訳、みすず書房、二〇二三年。

ヴィンセント、デイヴィド『孤独の歴史』山田文訳、東京堂出版、二〇二一年。

ヴェーバー、マックス『プロテスタンティズムの倫理と資本主義の精神』大塚久雄訳、岩波文庫、一九八九年。

大塚久雄『社会科学の方法――ヴェーバーとマルクス』岩波新書、一九六六年。

デフォー、ダニエル『ロビンソン・クルーソー』唐戸信嘉訳、光文社古典新訳文庫、二〇一八年。

テンニエス、フェルディナント『ゲマインシャフトとゲゼルシャフト――純粋社会学の基本概念』（上・下巻）杉之原寿一訳、岩波文庫、一九五七年。

ルソー、ジャン＝ジャック『孤独な散歩者の夢想』永田千奈訳、光文社古典新訳文庫、二〇一二年。

第三章

ブロンテ、シャーロット『ジェイン・エア』上下巻、小尾芙佐訳、光文社古典新訳文庫、二〇〇六年。

補論

Parkin, Gaynor and Erika Clarry, "You Don't Have to Be Alone to Experience Loneliness – and More Friends Isn't the Answer." *The Guardian*, 28 May 2023. https://www.theguardian.com/commentisfree/2023/may/29/you-dont-have-to-be-alone-to-experience-loneliness-and-more-friends-isnt-the-answer

とよ田みのる『友達100人できるかな』全五巻、講談社、二〇〇九－二〇一一年。

第四章

アルバーティ、F・B『私たちはいつから「孤独」になったのか』神崎朗子訳、みすず書房、二〇二三年。

坂口幸弘『死別の悲しみに向き合う――グリーフケアとは何か』講談社現代新書、二〇一二年。

山田鐘人（作）、アベツカサ（画）『葬送のフリーレン』（既刊一三巻）小学館、二〇二〇－二〇二四年。

第五章

コナン・ドイル、アーサー『シャーロック・ホームズ最後の挨拶』深町眞理子訳、創元推理文庫、二〇一四年。

――『シャーロック・ホームズの事件簿』深町眞理子訳、創元推理文庫、二〇一七年。

――『四人の署名』深町眞理子訳、創元推理文庫、二〇一一年。

ソロー、ヘンリー・デイヴィッド『森の生活――ウォールデン』(上・下巻)、飯田実訳、岩波文庫、一九九五年。

平井正穂編『イギリス名詩選』岩波文庫、一九九〇年。

ポー、エドガー・アラン「群集の人」『アッシャア家の崩壊』佐々木直次郎訳、角川書店、一九五一年(絶版。現在、この翻訳はインターネット図書館「青空文庫」で読むことができる。https://www.aozora.gr.jp/cards/000094/files/56535_69978.html)。

第六章

ヴィンセント、デイヴィッド『孤独の歴史』山田文訳、東京堂出版、二〇二一年。

ウルフ、ヴァージニア『ある作家の日記』新装版、神谷美恵子訳、みすず書房、二〇二〇年。

――『自分ひとりの部屋』片山亜紀訳、平凡社ライブラリー、二〇一七年。

――『ダロウェイ夫人』丹治愛訳、集英社文庫、二〇〇七年。

カーン、レスリー『フェミニスト・シティ』東辻賢治郎訳、晶文社、二〇二二年。

ボードレール、シャルル「現代生活の画家」『ボードレール批評2』阿部良雄訳、ちくま学芸文庫、一九九九年。

第七章

久住昌之(作)、谷口ジロー(画)『新装版 孤独のグルメ』扶桑社、二〇〇八年。

河野真太郎『新しい声を聞くぼくたち』講談社、二〇二二年。

小山さんノートワークショップ『小山さんノート』エトセトラブックス、二〇二三年。

ジョイナー、トーマス『男たちはなぜ孤独死するのか――男たちの成功の代償』宮家あゆみ訳、晶文社、二〇二四年。

ピケティ、トマ『21世紀の資本』山形浩生・守岡桜・森本正史訳、みすず書房、二〇一四年。

山森亮『ベーシック・インカム入門――無条件給付の基本所得を考える』光文社新書、二〇〇九年。

ヤング、ジョック『排除型社会――後期近代における犯罪・雇用・差異』青木秀男・伊藤泰郎・岸政彦・村澤真保呂訳、洛北出版、二〇〇七年。

おわりに

サリンジャー、J・D『ライ麦畑でつかまえて』野崎孝訳、白水Uブックス、一九八四年。

chikuma primer shinsho

ちくまプリマー新書470

ぼっちのままで居場所《いばしょ》を見《み》つける　孤独許容社会《こどくきょようしゃかい》へ

二〇二四年十月十日　初版第一刷発行

著者　河野真太郎（こうの・しんたろう）

装幀　クラフト・エヴィング商會

発行者　増田健史

発行所　株式会社筑摩書房
東京都台東区蔵前二-五-三　〒一一一-八七五五
電話番号　〇三-五六八七-二六〇一（代表）

印刷・製本　中央精版印刷株式会社

ISBN978-4-480-68498-1 C0290 Printed in Japan